CRÓNICAS DEL REGRESO

Señores del Mictlán

Alfonso Chacón Rodríguez

Segunda edición

ISBN: 9781520991405

Para Moni

El regreso del Mictlán

Hay días en que sólo el viento sopla y la pampa es como un mar de sal que arde en llamas, y por los caminitos van los sabaneros siguiendo las reses y en las casas están sus gordas mujeres de brazos oscuros, amamantando a sus críos llorones (los críos lloran como si adivinaran tan temprano que, de la soledad a la que han nacido condenados, sólo existe una manera de salir). El sol alfiletea los ojos y las pieles son rojas y los labios partidos, y hay gente que dice que los cholos en esta tierra son más hijos de África que de Niyatl. Dicen que hubo un tiempo en que los hombres fueron embarcados a la fuerza por otros de tez más clara, para una guerra contra un príncipe que se sentaba en un trono de oro macizo, y que los que vinieron en su lugar eran hombres de cabellos apretados y voces duras de hierro, que cantaban a la noche con un dulce quejido. Pero esa historia es vieja y ya no se recuerda ni siquiera con la brisa fresca de las tardes de fin de año, cuando se habla de cómo antes, con el sol moribundo del solsticio austral, se daba lugar a temores más básicos y los nativos corrían a los lupanares y a las iglesias, porque estar juntos, piel contra piel, sudor encima de sudor, entre rezos o jadeos, era la mejor manera de olvidar el escalofrío de la pelona cuando ésta merodea las noches largas.

Pero aquellos que han estudiado esta historia y que han sabido hurgar en el secreto de los señores del Mictlán, saben su verdad. Que esta tierra guarda todavía los trazos del culto a Xólotl y que su poder maligno todavía permea de gimoteos el resuello de los vivos. Es un hedor a mortandad que mana del suelo fértil cuando la noche cae y la tierra toda es un tremor de alimañas en busca de sangre: en los flancos del ganado, en los cuerpos cálidos de las aves de corral o en el cogote indefenso de algún trashumante tardío.

Hay, es cierto, quienes, en la memoria gastada de las generaciones, recuerdan noches en que fueron perseguidos por un hombre con cabeza de perro, o anocheceres tormentosos en que sintieron el cercano aleteo de un pájaro y el roce de un pico que tanteaba a alcanzarles el pescuezo. Hay quienes recuerdan pesquisas por entre las viejas fincas que se adentran en la montaña, detrás de un potro o vaca extraviados, para toparse de pronto con el esqueleto blanco y descarnado del animal a la vera de un sendero, el suelo cubierto de plumas largas y sangre muy oscura alrededor de la bestia devorada: son las señas de una misión divina, la del mismo dios guía del inframundo y sus adalides, que preparan su regreso. Porque Xólotl reclama para sí la tierra entera y, cuando termine su estadía en el Mictlán, regresará para recuperar lo que le es suyo por derecho.

Los que han interpretado estas leyendas en los escasos códices rescatados de la gran limpieza católica, han reconocido el poder antiguo y también saben que el destierro de aquél es temporal y quizás hasta voluntario. Porque la memoria de las noches turbias se va transmitiendo de muertos a vivos; es una metempsicosis ineluctable que, a lo largo de las generaciones, perpetúa sus hilos en una telaraña de relatos y cuchicheos (algunos cuentan, por ejemplo, que existen dos o tres tipos de aves caníbales en estas tierras, cuyos rastros particulares pueden adivinarse inscritos en los senderos de cadáveres que dejan por entre el bosque oscuro).

Los indígenas, en el murmullo de la noche —pues las aves son, como casi toda maldición, nocturnas— se escabullen en un raspar ligero de pies sobre la grava, la tierra de los caminos. No son muchos los refugios entre cada aldea. Tampoco son muchas las aldeas. Y todo hombre, toda mujer, todo niño, sabe, que el día es para los humanos y sus afanes y las noches son privilegio de lo turbio y lo nefasto. Infeliz aquel a quien el crepúsculo lo vaya a topar todavía a una legua de sus refugios. Muchos, en el hervor de una borrachera de aguardiente, la refriega de una partida de cartas, una trifulca de comadres, o en el simple esfuerzo de sacar sustento a la tierra ingrata, han abierto los ojos de pronto a la sorpresa del anochecer que se abate sobre sus tristes y magros cuerpos. Y es entonces que hay un sudor, escalofríos y el latir del pecho mientras los pasos se vuelven rápidos y sigilosos, conscientes los infelices de que la velocidad también es ruido y trampa, cuando se tiene un inferior cuerpo de hombre o mujer y no la presteza suprema y silenciosa de la muerte que se encarna en plumaje.

El poder del Mictlán pervive y Xólotl no tardará. Porque la tierra puede mutar, pero la civilización es un espejismo que nada podrá contra los dioses de sangre eterna. Y si es cierto que las colinas, las planicies, las costas se han ido transformando en un conjunto de masificadas construcciones de placer: campos de golf, piletas y hoteles con fuentes que manan agua cristalina; si es cierto que el progreso parece tragarse los ritos y que gente lejana y modernidad se afincan llenos de un aplomo que se imaginan invulnerable y se asientan a sus anchas en esta tierra que creen virgen y lista para ser violada; si todo lo anterior es cierto, no por ello el enigma del gran Xólotl yace vencido y oculto tras el crujir de la yerba al mediodía; su poder incólume no ceja, únicamente aguarda y está ahí, adosado al susurro de las hojas de los guanacastes, impregnado en el nerviosismo de los toros mansos de repente, sujeto al vaivén de las manadas asustadizas de cebúes. Así se escucha en el tenue tañer de un retumbo. Van haciendo eco las palabras no olvidadas. Palabras que invocan al gran dios de regreso a su tierra, que nunca dejó de pertenecerle. De lo más profundo, el señor todopoderoso que regresa del Mictlán.

Hermanos

Para Norma Mancini

Los ojos abiertos, siempre abiertos. Al frente una luz. Ir en pos de una sombra que no se encuentra. En la cacería se ignora a veces quién caza y quién es presa y hay solitario un tremor en lo interno del ombligo del cazador/víctima que se mimetiza con el crujir de los pies sobre el sendero. El guerrero se agazapa, la azagaya sujeta entre las dos manos, y la bestia danza sus manchas al son del follaje: esconde su cuerpo con ligereza, entre las lianas, para aparecer de repente, dar un rugido de mofa y desaparecer antes de que el guerrero lo intuya justo a su lado.

Tres días. La bestia tiene la fuerza de Sérke, la danta, en su sangre, en sus entrañas. El niño/guerrero tiene apenas el fuego de la obligación. Acecho, correr, detenerse en un chasquido. Aliento seco y cortado a la hora del descanso. Hay que preparar un sitio para cerrar los párpados, dormitar el cansancio pero permaneciendo siempre atento: los enjambres de luciérnagas en la brisa húmeda son como nubes de fuego.

El joven/niño guarda los brazos en sus costados. Trata de darse calor en la selva que amanece: el sol tarda en aparecer por la mañana. Desde el cogote baja un tremor hasta sus dedos azules. ¿Kuruí? Hay un tumulto de zancudos y ranas croando la tempestad que se avecina. Es una quietud enjundiosa donde resuena el barullo y el joven/niño empieza a untarse el ungüento sagrado y amarillo por la cara, por el torso, por la piel rota en su brazo: la sajadura limpia que le ha obsequiado la bestia hace dos noches, y que él se cubre con la pasta líquida antes de taparla de nuevo con una hoja de guarumo. De la jícara hueca en su cintura, cuelga todavía la invocación del Awá al bendecir la poción conque el niño ahora se cura: "Quieto, en la noche, con la cubierta mágica contra las fiebres y la sangre mala de las heridas, has de invocar al gran Sibú y rogar que su clarividencia te abra el rumbo." (El cazador es casi un niño. Cuando regrese, si regresa, será un hombre.)

¿Kuruí? Kuruí era su hermano, de la misma madre. Kuruí era ágil, miembros dorados, la frente ancha y limpia, ojos cristalinos y fieros que auscultaban la noche astuta. Su lanza, su daga, su amuleto de oro —el águila pendiente—, nada más eso apareció, a unos metros de la blanca y limpia osamenta de un venado, sobre un banco de arena, en un recodo oculto del río. Su lanza y su daga estaban apoyadas contra la roca que coronaba el banco, como colocadas ahí en actitud de vigilia. Detrás de la roca azotaba la corriente con su espuma blanca contra las piedras en el lecho del río: quizás las aguas habían arrastrado al infeliz. A unos pasos, estaba el brillo dorado de su águila y, un poco más allá, las huellas del monstruo. Lo buscaron los seis hijos de su tío, el rey. Bajaron vadeando por el cauce mismo, revisando entre los juncos y los pantanos que se forman entre los serpenteos del río. Así casi hasta la hora en que la selva se vuelve cueva y los murciélagos hacen su ambulancia. En las manos de los rastreadores únicamente regresó de Kuruí la lanza, su daga de pedernal y su águila dorada, en la boca los gemidos. Kuruí no regresó con ellos.

La aldea entera recibió a los gritos las noticias sobre la pérdida del guerrero y aquellos quejidos estupefactos se fueron después contagiando por entre los palenques, cada quien con su dolor y recuerdo en la boca, empezando por la madre de Kuruí, que había caído desfallecida tras un íngrimo aullido al reconocer la ausencia de su hijo entre los que regresaban con sus antiguas pertenencias en las manos: al salir el sol, el rey ordenó buscar a la Siatamí. Uno de sus hijos corrió por el sendero que trepaba hacia el monte Azul, y sólo al mediodía regresó con ella, seca y encanecida, la sabiduría grabada en las arrugas como pliegues de corteza del árbol que da miel. La Siatamí pronunció el mismo decreto que la primera vez, el decreto que puso a Kuruí en la selva: —Así tiré las siá, las piedrecitas sacras en orden, una tras otra, oráculo de Sibú. Por nuestros pecados contra la tierra nos ha venido la maldición. El demonio, el monstruo extraño. Los maizales secos y devastados, la extinción de los venados, los monos muertos como por las garras de jaguar, los jaguares muertos como entre las fauces de un monstruo. No es sino el heredero del clan sagrado de los Salwak quien puede expiar la culpa —repitió la Siatamí. Buscar al monstruo que de las entrañas de la tierra nos envía Surá para nuestra penitencia. Buscar/destruir al monstruo que impíamente devoró a Sérke, que limpia los cadáveres de venado como se limpian antes de poner en la tumba las osamentas de los que vuelven a Sibú.

El rey escuchó el veredicto, por segunda vez, al frente de su palenque. El rostro roto no quería más sacrificios: su sobrino preferido, el heredero, ¿qué más pedía Sibú? La Siatamí palpaba la bolsita en que llevaba las sacras siá. Kuruí, ardor de las doncellas, el de caminar certero, la sonrisa blanca ante el fogón iluminado donde se asaban lo tamales de pepián y achiote, las manos rojas y la boca roja por la chicha sagrada y las voces de las mujeres a su alrededor con sus risas admiradas. Así se había ido Kuruí para cumplir con la orden del altísimo, tres, cuatro noches atrás. Ahora no quedaban sino su lanza, su daga y su águila de oro, y en el aire los murmullos de su memoria.

El niño/joven se arresta aterido y despierto. Ha sido el de anoche un dormitar a sacudones para abrir los ojos en un destello, en la oscuridad total de la selva. La noche trasanterior, él sobre la rama del árbol de ceiba al que se había abrazado para su sueño, sintió a la bestia, su graznido, soltando su intento. Pero la luna plena fue un aviso mutuo. El destello de luz en el águila, ahora pendiente sobre el pecho del niño/joven, iluminó la cara del cazador y alertó quizás al animal de que su rival se movía. En medio de aquel brinco, hubo una sombra que pateó el tronco de la ceiba donde se refugiaba el aprendiz de guerrero. En la garra extendida de la bestia había al parecer un intento de alcanzar la cabeza del niño. Y aunque el movimiento del cazador/cazado con la lanza enhiesta por reflejo no falló en alcanzar a la bestia, no bastó aquello para esquivar del todo el ataque: fue entonces un rasguño largo y fino lo que recibió el niño/hombre en el brazo protector. Pero la cicatriz de aquel tajo, algo extraño, le haría reflexionar mucho tiempo después, en que algo raro había sucedido en el envite. Que los reflejos solos del niño cazador no bastaban para explicar aquel intento fallido. Era como si, en el último instante, la garra de la bestia se hubiese desviado de su blanco con súbita y sorpresiva intención y, en el desvío, se hiriera a sí misma contra la lanza inmóvil. Pero eso sería muchos años después y ahora, en aquel momento, quedó sólo el tremor en los miembros, los sentidos alerta y un retumbar en el pecho del joven. Ya no hubo más sueño. Cuando vino la mañana, el niño/guerrero siguió las reglas del Awá. Bajó del árbol y, con hojas de sagrada suita que llevaba en un morral, secó la sangría. De un guarumo cercano bajó luego una hoja tierna y larga, la embadurnó con el ungüento sagrado de su jícara y tapó el corte con dos vueltas alrededor de su brazo delgado, atándose la venda con una larga tira de bejuco. Cuando terminó su curación, se levantó con ambos brazos abiertos y luego se agachó para tocar la morada de Surá con las rodillas: con la vista gacha, pidió la bendición al espejo divino de Sibú, aquél que gobierna la tierra como éste gobierna los cielos. Un hecho le tranquilizó el resuello: el pedernal de la punta de su lanzamostraba el rastro rojo de cualquier animal herido. La bestia, tocada por aquella lanza que fuese de Kuruí, era entonces mortal.

El niño/hombre inició el rastreo justo al pie de la ceiba y por dos días más persiguió incansable el rastro de la bestia, sin cejar. Para la noche anterior, ya se sabía en los bordes de los dominios de su tío: un poco más allá estaban los hombres del norte, y la selva se aclaraba en largas llanuras. Buscó de nuevo un árbol donde dormir y así lo descubrió el día: si no alcanzaba al monstruo hoy, no habría ya más oportunidad. Recogió sus implementos de curación, bajó de un par de saltos del árbol, invocó de nuevo a Sibú antes de empezar otra vez la persecución. Sus cautos pies de suave hollar apenas rozan el suelo, que no es sino un rezumo de orquídeas y lianas y serpientes ocultas en el tapiz de hojas caídas. La selva ya es una algarabía y por la floresta se afanan los monos y las aves en un despertar ruidoso que no hacen fácil esta parte del acoso. Algunas libélulas traen la luz solar en destellos de alas cristalinas y aunque era seguro que la bestia había aprovechado su visión nocturna para poner algo más de distancia entre el ella y el cazador, quedaba la posibilidad de que su herida la hubiera vuelto más lenta si no más indecisa para otro contraataque, luego de tres días de hostigamiento insistente.

El consejo había deliberado mucho aquella noche en que regresaron sin Kuruí sus primos. Con cigarros de tuza, los sabios fumaron sus dudas como pupilas de incendio en la oscuridad. Sólo se recordaban días más aciagos cuando habían aparecido hacía muchas lluvias los de las tierras del norte. Cuando aquellos guerreros de escudos largos y mazos de obsidiana penetraron por los trillos del valle y remontaron los ríos en sus canoas emplumadas de quetzal y papagayo, matando hombres y raptando niños y mujeres para sus piras. Hombres que comían sus comidas envueltas en blancos tamales aplastados, discos blancos que asaban sobre comales de piedra, y que no eran más gruesosque un dedo, pero cubiertos por el jugo de una verde fruta con un aliento a fuego. Hombres que, en el crepitar de sus fogatas, apaciguaban a sus dioses con las entrañas arrancadas en el mero aliento de sus prisioneros. Eran guerreros de nariz alargada, frente plana y ojos de fiera, rostros bellos y terribles como el de Kuruí. Guerreros que —contaban los que trafican plata y jade desde las tierras de más allá del lago hasta las planicies donde las noches frías cubren el suelo con una alfombra blanca de hielo— vivían en grandes poblaciones de enormes bloques de piedra, como montañas que acariciaban a la luna y al sol.

El rey propone enviar a uno de sus hijos propios, guerreros de piel dura tras muchas batallas. El consejo duda. Sin Kuruí, ahora no queda más que un heredero, todavía niño, de la hermana más chica del rey, la madre también de Kuruí. Días crueles que regresan: ¿qué oportunidad tendría ante la bestia un niño, si Kuruí, el más veloz, el más certero con la cerbatana, capaz de tajar con su lanza a un hombre a doscientos pasos...? Memorias en el aire. Gritos mudos aún en el recuerdo al ver a la madre de Kuruí desmayarse en un mar de alaridos que recordaron el clamor de muchas otras madres hacía no tantas estaciones de lluvia. De cuando hubo de hacerse pacto con los hombres del norte o ver a la aldea convertida toda en esclavos, enviados a escarbar de los montes el metal dorado con que adornan sus ciudades los invasores. Todas las púberes vírgenes del clan real, a cambio de paz. Eso y, cada seis lunas, veinte bultos de maíz, veinte esteras de piel de venado, cinco niñas y cinco niños, veinte cestos de pescado seco y ahumado. Sumisión ante los invasores de la lengua extraña, llena de largas sílabas, que leían las estrellas con la ayuda de códices de piedra y piel y que, se contaba, sabían anticipar los días en que la luna cubría al sol y en la tierra se hacía la oscuridad. Voces que eran incapaces de hacer cimbrar su lengua para invocar con palabras a Surá, honrar a Sérke. De las hermanas del rey, sólo la madre de Kuruí regresó como un gesto magnánimo por el cumplimiento del tributo. Ya mujer, venía con Kuruí que crecía en su vientre, alto y audaz. Decían que el niño había caminado al salir del vientre. Y rápido fue proclamado futuro señor aunque al principio hubiera alguna oposición. Cuchicheos. ¿No era máxima humillación aceptar como rey al hijo de un hombre de sangre enemiga? La Siatamí, que como mujer no puede hablar ante los ancianos, pero como dueña de las piedras siá es camino directo a Sibú, increpó al rey antes de la decisión: no está dado a hombre alguno conocer su padre verdadero. Únicamente en la madre se conserva la certeza de continuación de las castas ordenadas por Sibú en la noche de los tiempos. Y al no haber más mujeres del linaje real en capacidad de proseguir la filiación con el origen, no quedaban entonces más que Kuruí y sus hermanos maternos, si había más. Así pasó Kuruí a cuidados del clan del rey. Heredero y predilecto. Siempre el más rápido. Siempre el más fuerte.

El guerrero/infante siente la duda al seguir la busca. También él es ahora parte del clan del rey. Adoptado al nacer de su madre que también es la madre de Kuruí, muchas lunas después, no llegó a conocer a su padre porque así lo pedía la ley. Pero no fue él como Kuruí tan ducho con la lanza ni con la cerbatana, no fue rápido nunca con la daga para destripar un pez ni desollar la piel lujosa de un ocelote recién cazado, no aprendió a correr como la guatuza por sobre la yerba ni a deslizarse quieto como la serpiente sobre el agua. Sólo tuvo siempre esa característica quietud de los que se saben segundos, no llamados a figurar, lo que les permite el tiempo para observar y meditar sin ser importunados, inquirir las dudas en el rostro de los demás, leer en el contorno del bosque los miles de detalles de las criaturas que lo recorren detrás del camuflaje oscuro, acercarse a puntillas a un saíno para tirarle de la cola sin ser alcanzado por los colmilos del embromado animal. Y fue por ello que en ese mismo momento, conforme el sol apuntó más alto, resultó para él más claro que para ninguno ver manchas carmesí en los bordes de las ceibas que surgían hacia el cielo. Asió entonces la lanza resbaladiza con sus manos. Y no pudo evitar acordarse de otras enseñanzas que su hermano quiso —a veces sin resultado— trasmitirle: la manera en que le guiaba la muñeca y la palma, hasta hacerlo aferrar una delgada caña como quien sostiene el brazo tenue de una doncella. Pero nunca había podido alcanzar ese férreo apriete de alas de mariposa con que Kuruí empuñaba el arma. Las manos le sudan al niño/hombre, y debe secarlas sobre un tronco de corteza como esponja. La selva, los monos, en el ruido hay silencio. El monstruo es premonición cercana. En los ojos del niño/joven/hombre están también los ojos que salen de los palenques oscuros, las miradas de sus primos, del Awá, de las mujeres de la aldea todas en fila, con bebés al pecho o colgando de su cintura, una cohorte silenciosa que lo despide al abandonar la seguridad de los suyos para cumplir la orden de los dioses celosos. Únicamente su madre no está. Corrió a ocultarse a la selva al saber la noticia, cubierta la cara de ceniza, a llorar por sus dos hijos perdidos. No vio ella entonces como, en el pecho del niño/

guerrero, el rey colgó el águila esplendente, símbolo de su estatus real.

La tarde es ahora un fulgor pesado, pero en el ambiente puede lamerse la lluvia cercana. Por el suelo ahora de lodo amarillento, hay de pronto un rastro en forma aparente. ¿Cansancio del monstruo? ¿Cebo para el descuido? Cazador y bestia son dos fantasmas persiguiéndose entre aquel barro de orquídeas marchitas y cedros tronchados. Ahora un canto ronco. Los monos en sigilo parecen seguir al cazador con sus miradas amarillas. Hay un crepitar de chicharras únicamente y el zumbido de los zancudos. El joven/guerrero escudriña los mensajes en el viento, esculca al colibrí que hace zig-zag por entre las flores de una enredadera, envuelta sobre un targuá de ancho tronco, enfrente suyo. Puede, de pronto, leer en el suelo verde de capa vegetal la traza del monstruo que huye. ¿Acaso la herida fuese peor de lo apercibido? ¿Se esconde la bestia en el palio de aquellas frondas? En la nuca hay un escozor. Las venas hinchadas en su antebrazo revelan la tensión en su mano, sosteniendo la lanza tosca como si buscaran descargar el dolor de su pecho que expectora cansancio y miedo. La punta manchada de pedernal es su única seguridad: la mancha bermeja como único testigo del enemigo tocado.

Vino el trueno, entonces, desde el volcán. Fue un segundo y, después, como un torrente, cayó la lluvia. Los confines del mundo parecían temblar a un tiempo. Surá, dueño de las profundidades, se agitaba en su morada terrena y el agua gemía como una cortina gris que callaba todo. En el estruendo, entonces, hubo una sombra: el monstruo, escondido tras el tronco del targuá, hizo en ese momento su brinco. El niño/guerrero pudo ver el trazo borroso a través de las gotas espesas que lograban traspasar la fronda del bosque, el terrible rostro del espectro, su largo y temible pico y aquel cuerpo que, luego, años después, lo sabría el niño siendo ya rey, huía y no atacaba. Pero la lanza de sus manos salió justa y precisa: extrañamente, el agua más bien le dio destreza a su movimiento, a ese deslizar de los dedos que fueron liberando casi imperceptiblemente la vara delgada para ajustar su puntería. Fue un único vuelo preciso hasta el lomo emplumado de la bestia. Y sobre el escándalo de la lluvia que ahora azotaba las ramas de los árboles, pudo sentir el cazador el sonido fugaz de la carne que se perfora, luego un bramido que no era de animal y el golpe seco de un cuerpo herido que cae sobre su peso propio. El príncipe tenía ya la daga de pedernal en su mano. Su movimiento flexible fue uno solo hacia la figura que acezaba. No llegó a hundir el filo en el pescuezo indefenso. Tendido, bocabajo, en su propia sangre, estaba el cuerpo ya muerto de Kuruí, con su propia lanza que lo atravesaba por la espalda hasta el pecho.

El Loco Cartago

La gente lo llama el Loco Cartago porque no es de estas llanuras sino de más allá, en las alturas más lejanas, a través del golfo: Cartago por su voz más rápida y entrecortada, no el largo tono filoso de los que arrastran sus generaciones por aquí. Cartago por su piel que no es tan cobriza como el bronce de las imágenes en la iglesia.

En las noches, los niños del pueblo —crueles como todos los niños— hacen romería en pandilla, merodean en los alrededores de su rancho en ruinas, deslindan carreras en seguidilla y azotan decenas de puños golpeándole la puerta, las paredes, haciendo puntería de guijarros contra sus ventanas sin vidrios, vocecitas que gritan su apodo (hay en el trinar de sus nueces de Adán, aún púberes, un tufillo a miedo oculto): ¡Loco!

Pero no pueden entender, que este loco es el único despierto. Es asunto imposible para ellos colegir que la locura no es escape de quien ya no habla y se guarda en una covacha derruida entre gallinas y cerdos, automóviles desarmados y leyendas. Loco. (Asesino; hay quien lo dice, también).

Cosas de chisme, dice el subdelegado policial, historias viejas, cuando alguna señora de bien, alguna vecina, de vez en vez, se aparece por la delegación, porque los rumores a veces también aligeran el sueño y despiertan temores incluso en los adultos. Alguno hay, que ha entrado y registrado con minucia en su cueva, cuando el Loco desaparece alguna noche, que ha inspeccionado con una cierta reverencia por entre el desorden de libros y cuadernos grasientos apilados en un baúl, junto a un camastro, a una estufa a gas, entremezclados con aparejos y poleas, un soldador de acetileno, pistones y tuercas sueltas de quien dicen, hace muchos años, que era el mejor mecánico en cien kilómetros y más (digámoslo claro, que el intruso ha sido el señor subdelegado policial, porque ante tanta pregunta, alguna vez tenía que corroborar). Hay familiares libros de portadas vetustas, con ilustraciones antiguas, cosas de vampiros, demonios, hombres lobos, leyendas de los antiguos moradores de estas tierras, literatura de niños que ya el delegado había visto muchas veces, porque aquellos libros eran los mismo de la biblioteca extraviada de su padre.

Así que el Loco Cartago sigue tranquilo su vida de anacoreta en la llanura. No escucha los rumores. Son cosas de mujeres y viejos asustados. Pero el subdelegado, que se educó en la capital, sabe de lo que se trata la herencia de la superstición. Su padre, su madre, eran víctimas también. De contar historias sin sentido. Como la de aquella invasión, de aves nunca vistas, pájaros negros de ojos amarillos. Desaparecidos luego sin dejar rastro, el mismo día en que hallaron a Juan Clachar y a su esposa, una india de por allá los cerros donde estaba la misión de Santa María, calcinados ambos en el fuego de su hacienda, junto con la criatura que acaba de parir la mujer. En esos días, el Loco, ya vivía por estas tierras. De hecho, fue él, junto con el padre del subdelegado, el viejo doctor del pueblo y el cura hondureño que bajaba de vez en vez de la misión, los que descubrieron la tragedia. El Loco recién había llegado al pueblo, contratado como mecánico en el ingenio de los Chinchilla. Si se esfuerza, el subdelegado puede recordarlo con brumas de infancia, taciturno, con un vaso de refresco en la mano, tirado en el piso del zaguán de la casa que entonces era oficina policial también. El viejo Loco que entonces no era tan viejo, se apoyaba contra la pared, el vaso en una mano, y levantaba la atención hacia lo que decía el cura —en alguna de sus esporádicas visitas— o al doctor Quesada, que iban y venían con aquellos libros como los de su padre. Su padre, entonces, era también subdelegado de la Guardia Rural y único agente (su padre, además, era cartago también: había sido funcionario de investigación judicial antes de venirse a la llanura, y quizás por eso lo de su amistad con el Loco.)

Lo cierto es que hace mucho, la puerta del taller que era también la morada del Loco, no abrió más para recibir clientes, y cuando llegaron a buscarlo, porque un tractor, un camión, porque algo estaba roto, lo hallaron en la cama, con un libro siempre en la mano, y el gesto y la respuesta la misma: no tengo tiempo. Fue poco después que empezaron los rumores. Se agolparon los decires por debajo de los soportales, entre los puestos de verdura en el mercado los cuchicheos, y a los niños traviesos se les advirtió de mantener la distancia y la lejanía de aquella covacha maligna. Lo que significó que los chicos ahora merodean en masa por las tierras del Loco, con ese gusto único por la rebeldía y lo prohibido, y en las tardes a veces llueve una piedra sobre el techo, una pared, un grito: ¡Loco!

El subdelegado policial, que es un hombre joven, despide con un ademán de consuelo a las señoras que ocasionalmente se acuerpan en su oficina con una nueva denuncia: un árbol que se ha secado, un maizal que ha dado mazorcas sin forma conocida, una muchacha que grita en sueños el nombre del Loco. No es más que un chiflado que no hace daño, dice el subdelegado. Y así se van mascullando inconformidades las mujeres (y con ellas algún hombre que las acompaña), justificando la desidia en los mismos motivos oscuros por los que el padre del subdelegado también lo protegía al desvariado y luego, cuando pase algo terrible, entonces ya verán, porque esto no puede seguir así. Y en cierta manera, van diciendo cosas ciertas. Porque nada bueno puede venir de un hombre sin amigos, solo, enclaustrado en sus razones. Un hombre al que nadie visita, desde hace mucho, desde antes de que se chiflara, antes de que cerrara su taller, cuando muriera el viejo policía y luego el doctor Quesada, y no se viera más rastro de aquel cura misionero que se había venido de la Ceiba hasta estas remotidades, y que bajaba de vez en vez desde los cerros de Santa María donde llevaba a cabo su misión evangelizadora, allá arriba donde sólo hay serpientes y gentes de hablares callados que se niegan a la vida civilizada de la llanura.

Pero el cura hondureño no bajaba desde hacía mucho y el Loco seguía en su covacha y el subdelegado simplemente meneaba la cabeza: gente, hay que estar tranquilos, es un loco inofensivo. Así, mientras los campos estuvieron quietos y los pájaros negros no hicieron su aparición. Así, mientras no empezaron a aparecer los cuerpos de animales descuartizados. Así, hasta que al borrachito de Martínez lo hallaron sin cabeza, en el fondo del basurero comunal. Así, hasta el día que le llegó el mensaje desde Santa María al subdelegado, para reportarle lo del cura hondureño, abierto en dos de un tajo, ese mismo día en que al policía se le atragantó la sospecha en el pescuezo.

La busca

Loco, dicen, peligroso. Porque me han alcanzado justo en la culminación, con el cuerpo ensangrentado y ella a mi lado, mujer y algo más, y sobre la cuna, a falta de mejor descripción, una bestia con pies de bebé y hocico de cachorro. Loco, porque conoce que el verdadero peligro es sentir a las aves negras volar. Loco que, décadas después de aquella pesadilla que lo inició en la tragedia de las cihuateteo y la venida de Xólotl, tuvo que matar de nuevo, cuando descubrió el cielo de las tardes de hace un noviembre, repleto de zanates en lo que alcanzaba la vista. Repleto incluso a través del ventanuco de su covacha. Loco que tiembla incluso ahora, que la batalla se ha llevado hasta el fin, sudores de agonía en el último segundo. Un segundo que puede ser tan largo como un siglo. Loco que sabe que nunca encontrarán a la bestia y sí al recién nacido, muerto por sus manos criminales, porque el infante ya estaba ahí, a los ojos de quienes soy asesino sin perdón alguno. Un demente capturado infraganti en su acto espeluznante.

He llegado aquí tras la confabulación de muchos años. Años de ruego al vacío por un acabar tranquilo: que mi puesto de guardián no fuera llamado más al combate. Años de falsa esperanza, de que aquella última batalla con el asesino del doctor Quesada, hubiese sido mi último encargo. Pero uno siempre lo sabe, en el fondo del corazón, que no existe reposo para los guardianes. Y que aunque en todo este tiempo el mundo pareció progresar —y ahora frente a mi covacha cruza una carretera de asfalto con altas luminarias, y por el cielo me sobrevuelan aviones y helicópteros, y en las playas a unos kilómetros hay nuevos nichos de riqueza y la llanura, dicen, se transforma en un paraíso— uno lo sabe, que en el fondo de la tierra aún palpita el poder del Mictlán. Así se prepara el regreso. El señor que regresa del inframundo para recobrar su gobierno. Que nunca se fue en realidad, sino que sigue agazapado, al acecho: oculto entre el ganado, la zafra y el maíz y los turistas de cabellos claros con sus tablas de surf, no importa.

Y así, en noviembre, al cesar las lluvias, las aves negras volvieron y el mito, luego del engañoso dormir de décadas, renació. Y de nuevo, un guardián tuvo que actuar, como lo han hecho por centurias, el puesto heredado de los antiguos centinelas que han mantenido al universo libre del mal. Eso soy yo. Un guardián. Loco encerrado que, falto de reflejos, se durmió pese a las advertencias de su maestro al momento de entregarle su amuleto protector: el águila dorada que es símbolo de nuestra resistencia contra la imposición del inframundo. Sí. Un descuido, pese a la muerte admonitoria de uno de sus más queridos amigos, la señal de que el mito no se detiene. Guardián que ahora, en esta tarea final, en el influjo frío que siente le penetra el cráneo, se arrepiente inútil por no preparar quien lo sucediera, quien estuviese listo para detener el siguiente intento de reconquista por parte de Xólotl en su regreso del Mictlán.

Debí darme cuenta. Incluso antes de que se viniera el padre Cubas de su lejanía y se me plantara en la puerta, todavía más viejo y encorvado que en nuestra última batalla de hacía tanto, la piel cetrina y manchada y los ojos un par de canicas negras sin lustre bajo el largo cabello que siempre tuvo blanco. Le recuerdo, con el saco al hombro, que descargó quieto en el centro de mi covacha, de donde salió rodando un cráneo limpio, cercenado con justeza. —Uno de mis sacristanes —dijo entonces el padre—: así tal cual encontramos el resto del esqueleto, fraccionado en trozos.

Ah, qué ceguera. Mis oráculos como guardián, ese debería ser el nudo de mi historia. Pero soy loco y los insanos no orlan sus historias con la causalidad. Yo sólo me he mantenido vivo de memorias y palabras que ya no puedo pronunciar con mis encías desdentadas. He sido un guardián inútil y no he podido hallar quien quiera ocupar mi sitio: con mi cercana muerte el mal ahora tiene el paso franco. Por años, hubo escaramuzas y luego vino la tranquilidad y eso ha sido mi error. Error que creí, hace apenas una fracción de segundo, que lograría al menos enmendar por un tiempo, mientras lograba incorporarme a duras penas en medio del azote de los zanates furiosos que intentaban arrancarme mi ojo sano con sus picos, mientras me impulsaba con mi único brazo útil, tirando de la baranda de la cuna, y lograba mirar hacia mi objetivo, el bebé con cabeza de perro bermejo, el engendro diabólico de

Xólotl que me clavaba furioso la vista en su indefensión —el ser mitad ave, mitad dogo—: fue apenas un instante el respiro en la conciencia, justo antes de sentir más con el oído que con el cuerpo el proyectil. Porque las bestias, que transitan entre el Mictlán y nosotros, preparando el retorno de su señor, aparecen de la nada y la guardia no debe dormir y yo me he descuidado. Debí haberlo previsto mucho antes, cuando aparecieron las aves, no esperar a que el padre Cubas bajara de Santa María con la señal ineludible del retorno. Ahí, en realidad, debí descubrir lo peor: mi vejez. Y con ello el estado de abulia en que me había dejado caer. Porque el tiempo es un juez implacable que te va nublando los sentidos y la agilidad de los miembros.

Antes, quizás no hace tanto, me pude enfrentar a las bestias casi que con mis manos desnudas: me viene a la memoria una de tantas peleas, en las afueras de la ruta principal, la enorme bestia de negras plumas a la que pude tumbar casi en vuelo de un solo machetazo, una victoria que fue también derrota en cierta forma, porque cuando la bestia mutó en su agonía en un gringo ojeroso de rizos colorados y mirada zarca, supe que el Mictlán contaminaba también al nuevo alud de gentes lejanas, algo que sorprendió a mi maestro y al doctor Quesada, cuando recogimos el cadáver transformado, de que la mutación por la que se nutren las cohortes de Xólotl viene entonces desde nuestros ancestros más lejanos: que no hay sangre negra, blanca, amarilla ni mestiza que sea inmune al poder del gran Xólotl, que no hay humano a quien el dios no pueda esclavizar, (aunque también es cierto, que para engendrar al príncipe mismo sólo la impoluta sangre náhuatl es semilla fiel).

Hoy, en cambio, la cihuateteo estuvo a punto de arrancarme el cogote con su garra funesta: en lo lento de mis reflejos al apuntar el revólver, su garra pudo alcanzarme el brazo derecho y cercenarme casi desde el hombro la extremidad. Pero con un giro, con mi brazo inútil transformado en un molinete que quizás la confundió, pude sacar de mi cinto con mi mano izquierda el puñal y clavárselo el corazón. No me restó, sin embargo, fuerza para sacar el cuchillo del pecho de la figura que empezó de inmediato a mutar a su forma humana, ni pude sostener el cuerpo que se me vino encima a picotazos salvajes, el último de los cuales me desguazó el ojo derecho. Así terminé, con el cadáver sanguinolento de la cihuateteo sobre mi cuerpo acezante. Tuve que esperar por unos segundos a su transmutación completa para podérmela arrancar de encima con el brazo izquierdo, y arrastrarme a través de la cortina de zanates que me atacaba, primero para recuperar el revólver a unos pasos, y luego hacia la cuna donde yacía el temible príncipe venido a reinar. ¡Espejo del pasado! ¡Copia mala de mi primer enfrentamiento con el inframundo, hacía tantos años!

Yo era un recién llegado. Alguien que sólo quería un sitio para abrir senderos. Buscar otra vida lejos de las montañas lluviosas y enfermizas de mi crianza, en las que nunca me sentí cómodo ni entero: aquellos valles friolentos resultaban para mí una especie de prisión de hipocresías. Pero si ya entre los míos había una extrañeza, no podía intuir aquella con que me toparía después. Rápido alcancé un puesto en uno de los ingenios más cercanos de la región: siempre faltan los mecánicos. Y si mi taciturna expresión no era considerada agradable allá entre los míos, aquí, que se veía más bien como un signo inequívoco de los de mi región, resultó incluso un valor agregado. Rápido me gané el apodo de Cartago y la confianza de los patrones. Pronto pude hacerme de mi propio taller y empezar a servir la maquinaria de las haciendas. Fue cuando conocí al doctor Quesada: por referencia del gerente del ingenio de los Chinchilla, me hizo revisarle uno de los tractores con que pretendía levantar su siempre alicaída producción de arroz, y quizás le sorprendió mi honestidad cuando le recomendé deshacerse del armatoste antes que estafarlo con una colección de reparaciones que no disimularían lo inservible de aquel motor. Fue un golpe de suerte que rápido me multiplicó los clientes y me permitió abandonar definitivamente el ingenio. Entre ellos, el subdelegado de la Guardia Rural, amigo del médico desde sus tiempos de estudios en la capital; cartago, igual que el médico y yo.

Así fui entrando en aquella minúscula cofradía que se completaba con el cura hondureño, que hacía un tiempo había aparecido por la región y que hacía su prédica entre las aldeas indígenas que aún quedaban desperdigadas entre los cerros: con el cabello tempranamente encanecido, pues no podía tener más de cuarenta, aparecía una vez al mes y se albergaba en la casa del doctor o donde el subdelegado por un par de días, que pasaba en charlas con sus dos compañeros. Yo en realidad me uní casi por accidente. De esa manera casi inconsciente en que vamos trabando los lazos con alguien, de la misma forma que nos vamos despegando de alguien que antes fue cercano. Fue una de las tantas veces que tuve que darle servicio a domicilio a la vetusta camioneta que hacía de patrulla de la subdelegación. Un día caluroso como siempre, típicos días en los que no basta la sombra de los marañones ni la brisa que a veces llega del mar, a unos cuantos kilómetros del pueblo. Con el sudor apelmazado en la camiseta, yo llevaba veinte minutos afanado con una biela que se negaba a salir, cuando apareció el doctor con un vaso y una jarra de jugo de caña.

—Pase a la sombra un rato —me dijo, y luego me guiñó el ojo— le haría un favor al pueblo si mejor declara difunta a la patrulla; sólo así nos darán alguna que ande mejor.

Tomé un sorbo del vaso que me había servido el doctor. Me encogí de hombros. No me gusta darme por vencido. Ni entonces ni ahora. Pero tampoco creo en las luchas perdidas. Entonces, de pronto, hubo un derrape. Un largo arrastrar de llantas sobre el polvo del camino, y entre el revuelo terroso, pudimos columbrar una camioneta pick-up grande que se detenía justo enfrente nuestro. Era Juan Clachar. Uno de los tagarotes del lugar. Dueño de cientos de cabezas de ganado y de algunas vidas incluso. El cuerpo grande bajó rápido de la camioneta y, en algunos trancos, estuvo frente a nosotros. El rostro moreno y perlado por el sudor, los ojos grises fieros, el pelo rizado que se le adivinaba bajo el sombrero.

—Otra vez —fue lo único que dijo, y se volvió hacia la parte trasera de la camioneta. Para entonces, ya había salido el subdelegado al portal de su casa y comisaría. Sostenía a su hijo de apenas tres años en los brazos. De inmediato, lo puso en el piso y lo envió hacia adentro de un leve empujón. Su madre ya esperaba el chiquillo bajo el marco de la puerta.

Puesto que nadie me lo impidió, me acerqué a la camioneta yo también. Miré. En el cajón había un caballo, un precioso pinto. Mejor dicho, los restos de una bestia que había sido hermosa sin duda. Pero ahora sólo quedaba un trozo de lomo terso, atravesado por lo que parecían dentelladas y, separada, una cabeza con aquel cuello magnífico en el que la crin blanca ahora era un estropajo rojizo nada más. Levanté la mirada: Clachar imprecaba al subdelegado, que bajaba los ojos, como si pensara. El doctor, entretanto, empezó a examinar el cadáver. Entonce me percaté, que en la cabina de la camioneta había una mujer. Por la ventana trasera podía ver su pelo azabache, largo y lacio, y algo de su perfil. Yo sabía que Clachar tenía poco de haberse unido con esa mujer, más de veinte años menor. Era una india traída de las montañas, por lo que me habían dicho algunos.

—Ya no tengo más paciencia —decía Clachar. Tenía esa voz autoritaria, del que sabe amedrentar usando el tono altanero de un predestinado. Herencia de generaciones de poder criollo extraviado en la pampa. Pero el subdelegado sólo lo miraba. Yo diría que incluso lo examinaba.

—A este lo tuve que recoger yo solo. Ni un sabanero me ha quedado. Los muy cobardes se han ido hoy temprano. A las cuatro, cuando las cocineras llamaron a desayunar, sólo llegó Urías, el mandadero. Al menos fue más valiente y me renunció en la cara. El resto de los cholos no me quisieron ni ver la sombra.

Clachar subió entonces a la camioneta. No dijo nada más. Envuelto en el polvo partió y yo sentí que el silencio se hacía pesado. Me volví hacia la patrulla. Puedo ser circunspecto. Pero había algo en los ojos del subdelegado. Algo en el respirar lerdo del doctor Quesada. Me hundí bajo la camioneta y seguí con lo mío.

Al siguiente día regresé para concluir mi trabajo. Había desayunado donde siempre, en la fonda de las solteronas Venegas. Y los rumores eran ahora el único tema. Varios de los sabaneros hasta hace poco empleados por Clachar estaban ahí, más por afán de despojarse del fardo de sus miedos que por ganas de comer. Las aves habían aparecido haría unos siete meses, fuera de temporada, al empezar las lluvias. No extrañó al principio. Pero pronto los más avispados descubrieron el rito extraño de las bandadas de plumajes negros y marrones. No eran los típicos zanates, que se explayan por entre la pampa y los bosquecillos de malinches y guanacastes, contentos con su arrasar de los nidos de otras aves. Estas bandadas más bien se concentraban en el cercado de la casona. O se colgaban incluso de las vigas, los alerones, el techo. Clachar, molesto, salía a veces con su carabina y disparaba un rato pero nunca conseguía alejarlas más de unas cien varas.

Ahí habían empezado los temores, las historias, los recuerdos. Así hasta ayer por la tarde, en que había aparecido tasajeado el caballo preferido del patrón. Algunos rememoraron entonces viejas leyendas sobre las aves negras y los guerreros pájaro nicoyas, otros se acordaron de los decires de sus abuelas al calor de un fogón, decires sobre antiguas maldiciones de cuando eran otros los dioses que reinaban. De muertos abandonados al camino, de sus cuerpos sólo un amasijo de carne picoteada. Yo permanecí callado, el oído atento, a las voces de los que hablaban.

Primero, el mandadero había reportado tres vacas destazadas en el bajo del río. Fue la primera visita de Clachar a la subdelegación, haría unos cuatro meses. Quería formar un pelotón de caza, para atrapar al puma. Porque no podía ser otra cosa que un puma. Por el salvajismo, la forma cruenta en que las vacas habían sido descuartizadas. Pero el subdelegado, luego de acompañar a Clachar hacia el sitio donde yacían los cadáveres, no estaba convencido. Igual se habían montado las patrullas, sin resultados. El último puma en la región había sido visto hacía más de dos décadas. A la tercera semana, dos vacas más se habían perdido. Y luego el negro Sequeira no había vuelto más de una de sus rondas nocturnas por el burdel del pueblo, y había empezado a instalarse el miedo en la hacienda. Pasaron unos días hasta que apareciera el cadáver. Lo que restaba. Un amasijo de huesos en una hondonada. Lo habían encontrado los perros de su patrón.

Todos esos decires aún en el oído cuando llegué a la subdelegación. Sólo estaban la señora y el niño en la casa. En la oficina, que también hacía de prisión, estaba el asistente. Era un indio alto y nervudo, de brazos largos y secos y una mirada pétrea que traicionaba algo de desconfianza. Me dijo lacónicamente que siguiera con la reparación de la camioneta, que el subdelegado andaba de gira con el doctor Quesada. Luego se encerró en la oficina.

Los otros volvieron a eso de las cuatro, sobre tres caballos. En el tercero venía el cura hondureño; era la primera vez que lo veía. Entraron a la delegación sin saludarme. Minutos después, el asistente salió y se llevó a los caballos, supongo que a descansar. No lo vi volver.

A las seis, con los últimos rayos del sol, cerré el capó del armatoste. No había caso. Me acerqué a la puerta de la delegación. Hablaban los tres a sovoz en medio del pasillo. Golpeé el marco para hacerme notar. El subdelegado levantó la mirada, por sobre el hombro del doctor Quesada, que me daba la espalda:—¿Usted no es de por estos lares, no es cierto?—me espetó.

Sólo con el tiempo entendería el trasfondo de la pregunta y de todo lo que seguiría después. Pero en ese momento, únicamente asentí y entonces el cura se levantó para acercarme una silla. Bebían un guaro de caña. Pero yo nunca bebo alcohol y me conformé con el jugo de guayaba conque lo acompañaban. El subdelegado entonces me hizo un par de preguntas sobre la camioneta. Fue algo casi como un trámite. Yo sentía que el cura y el doctor parecían esculcarme con miradas furtivas. El subdelegado se sirvió otro vaso de jugo. Me clavó los ojos: —¿Usted sabe leer, no?

No me ofendí. No podía tomarlo a mal. Apenas asentí de nuevo. El cura entonces me pasó un libro. Un tomo que parecía antiguo. Pero estaba muy bien cuidado, en un forro de cuero, hojas sedosas casi como las de una biblia.

—No leo mucho —dije.

—Dele un vistazo, nada más —insistió el cura—. Puede devolvérnoslo en unas semanas.

Me crucé de hombros. El subdelegado entonces me preguntó por el costo de mi trabajo. Asintió satisfecho por el precio. Se levantó, entró a su oficina y regresó con el dinero. Me despedí desde la puerta del cura y el doctor.

Habrán pasado cuatro o cinco semanas. El ritmo normal del día, entre reparaciones sencillas y noches calmas, me permitió ir desgranando el libro. Era una especie de colección de mitos, de mundos alternativos enraizados en el folclor de distintas civilizaciones. Admito que desconocía varias de las culturas o pueblos de los que ahí hablaban. Nunca me interesó mucho la historia. Pero me atrajeron algunas partes; sobre todo algunas de las anotaciones que había en la sección de la mitología náhuatl. Quizás porque a esta parte del texto, un poco seco y abstruso, se le complementaban recortes y notas manuscritas, que contaban historias de aparecidos, de hombres mitad coyote, mitad águila. Historias antiguas y más recientes, sacadas algunas de periódicos y revistas. Y anotaciones en los márgenes que parecían antiguos poemas en una lengua que no comprendía.

A veces, leía hasta entrada la noche, o me acompañaba con el texto hasta la plaza del pueblo, a leer a la sombra de los árboles llenos de mangos, cuando el sol azotaba y el calor en mi casa se volvía inmanejable. Fue durante una de dichas lecturas, un domingo, recostado contra el tronco de uno de aquellos árboles, que descubrí el jeep de Clachar que se estacionaba frente a la iglesia. Daban misa. Pero Clachar y su mujer, que hacía rato no aparecían por el pueblo, no bajaron del auto. Permanecieron lo que restaba de la ceremonia en el vehículo, soportando el resplandor, el calor. Yo podía escuchar la salmodia que salía del templo, los cantos hipnóticos del sacerdote, el bisbiseo de la gente que se atrevía a responder, el crujir de las bancas y el raspar de las sandalias, de las botas, de los pies descalzos por la nave cuando llegó la hora de la comunión. No fue sino al dar el párroco la bendición de despedida, antes de que uno solo de los feligreses saliera, que se marcharon. Entonces salió la tromba. Las mujeres con sus largas faldas blancas y sus pañuelos negros en la cabeza, los hombres con las camisas limpias y los pantalones amplios que caían sobre los dedos desnudos de la mayoría. Pero sobre todo los chiquillos, libres de pronto del suplicio de una hora de pellizcos y silencios forzados, que ligero atiborraron la plaza. Me levanté entonces y un silbido me hizo girar la cabeza. Atrás, el doctor Quesada me llamaba con un ademán. Estaba junto a su viejo jeep, en una de las bocacalles polvorientas que topaban contra la plaza.

—Veo que hizo los deberes —me dijo, al ver que llevaba el libro en la mano—. ¿Me puede acompañar?

Me condujo a la delegación. Estaban el subdelegado y el cura hondureño. Puedo decir que ahora había una especie de apertura en la forma en que me miraron. El subdelegado tomó el libro de mis manos: —Si me permite.

El cura se presentó: Jorge Cubas. Era de la Ceiba. Pero el tono de su piel indicaba que sus ancestros eran más bien africanos y que portaba un nombre que no revelaba su origen.

—¿Qué le ha parecido la actitud de Clachar? —me dijo entonces el doctor. Yo me encogí de hombros.

—Se nota que es un poco arisco —dije.

—Queremos hablar con usted, seriamente —dijo el subdelegado. Entonces empezaron el relato. Fue una historia apegada a la línea sobrenatural de lo que había en el libro. Una historia que fue pasando de uno a otro, en un orden que parecía concertado: la historia del Mictlán, de Xólotl, de las apariciones, de los guerreros pájaro, de las muertes salvajes. Fue el padre Cubas quien terminó; conocía la historia de la esposa de Clachar: una chica de apenas dieciséis, de una de las aldeas a su cargo eclesial.

—Hemos hablado con Clachar—dijo el doctor—. Creemos que él y su señora están en peligro. Al parecer, algo o alguien busca su venganza. Pero Clachar hasta ahora únicamente ha mostrado lo peor de su carácter. Se ha negado a venirse al pueblo con su mujer. Contrató una partera indígena de la misión y se la llevó a su casa. Dice que no tiene tiempo para sandeces, historias de indios melindrosos. Que no necesita ayuda de cobardes. Se trajo como quince sabaneros de Rivas. Hombres duros que no se creen historias de aparecidos, dice él, no miedosos como los de estas tierras.

—A decir verdad, se nos rió en la cara cuando le hablamos de este tema —dijo el misionero.

Recuerdo el silencio tras la última frase. Había en sus miradas algo así como una expectativa. Quizás, pensaban, éste ahora se levanta, se despide y luego irá por el pueblo soltando historias sobre el grupo de chiflados que se reúne en la subdelegación de la Guardia Rural. Pero había una seriedad en el rostro de todos, un pesar casi, que cargaba la habitación y que no había dejado de teñir cada palabra que habían pronunciado. Además, yo había visto al caballo. Yo sabía que un animal cualquiera no podía cometer semejante carnicería.

—En lo que pueda ayudar ... —dije, paseando mis ojos por los de cada uno.

Así me admitieron. No hubo mucho más que decir al respecto. El padre Cubas recomendó otra visita a la hacienda de Clachar. Había que convencerlo de venirse al pueblo. Sería más fácil vigilarle mientras se averiguaba por dónde podría venir el riesgo. Lo más probable, decía el cura, sea algún sabanero o indio, venido quizás de la misma aldea de la mujer de Clachar.

—Es algo delicado. Debemos cuidarnos de andar propagando viejos mitos que no podemos comprobar y centrarnos en la hipótesis de algún desquiciado que ha leído muchas historias de aparecidos y demonios —dijo el doctor entonces.

—No necesito comprobar lo que he visto con mis propios ojos —dijo entonces el subdelegado. Había quizás algo de furia en aquella voz, si no de ofendido. Entonces entendí por qué lo del fulgor en los ojos del subdelegado. Lo que en la cabeza del doctor Quesada, del padre Cubas, no era más que una historia extraña, algún extraño rito de practicantes creyenceros, en la suya era una convicción. Y lo supe entonces, que el libro había sido una prueba, y que no había sido casualidad el toparme ese día al doctor en el parque: me habían vigilado de cerca durante todo ese tiempo.

Al final se llegó a un acuerdo: realizar una visita a la hacienda de Clachar la mañana siguiente y obligarlo a venirse al pueblo, incluso a la fuerza. No podíamos prever la veloz manera en que se desencadenaría el infierno.

A las siete de esa misma noche, llegaron de improviso los tres hombres a mi taller, montados en el jeep del doctor Quesada. Fue él quien habló: —Tome su revólver, nos vamos ya.

En el camino, pudo explicar. Entraba a su casa cuando su mujer lo había parado: —Tenés una paciente de emergencia.

En el consultorio, estaba el mandadero nuevo de Clachar, lívido. Sostenía en sus brazos a una mujer desfallecida. Era la partera que había contratado el finquero. La mujer estaba en shock. El mandadero no estaba muy cuerdo tampoco: —La bestia —decía—, la bestia—, una y otra vez. Tras un calmante, y verificar que la mujer sólo sufría una conmoción, pudo el doctor entender las palabras enrevesadas del mandadero. Al caer el sol, todas las aves negras habían levantado vuelo, desde los árboles, desde los cercados, desde todos los sitios de donde habían merodeado la casona Clachar por casi nueve meses, y en un movimiento casi coordinado, habían avanzado sobre la casa como un único ejército. El mandadero había salido del barracón de peones a cargar agua en ese momento y había visto aquel baile siniestro iniciarse, justo cuando un alarido espantoso salió de la casa principal. De un salto, se enfiló hacia el portón principal. Fue cuando apareció la partera, transfigurada, el cuerpo hecho todo un tremor, tratando de sostenerse en pie mientras avivaba el cielo a gritos. Para entonces, todos los sabaneros estaban ya en el patio. Pero aquel maremágnum de pajarracos y la oscuridad no permitían guardar cordura alguna. Los gritos de la mujer se habían prendido en unos segundos de las gargantas de aquellos hombres, que sin ton ni son se lanzaron a correr en todas direcciones. Sólo el mandadero guardó un poco el temple: abrazó a la partera justo antes de que se desmayara, la montó sobre una de las yeguas del patrón, y partieron a galope hacia el pueblo, por el camino que ahora nosotros hacíamos a la inversa.

Fueron veinte minutos de dar tumbos por el camino de tierra que penetraba las tierras de Clachar. Veinte minutos que pasamos en silencio. Nada que nos preparara para el espectáculo que se nos abrió a la mirada cuando viramos en la última colina para empezar a descender a la casona de la hacienda. Sobre la corte planicie, como fieles convocados en adoración alrededor de la casona, se posaban miles de zanates, sus plumajes azabache tornasolados por la luz. No pudimos acercarnos a menos de unas veinte varas del portón de acceso. Admito que nos llevó unos segundos decidirnos a posar los pies entre aquella cohorte: yo al menos, en la garganta, sentía un nudo apretarme cuando empezamos a avanzar entre los pájaros casi inmóviles. Pero extrañamente, las aves se abrían como con respeto, quizás como una tropa vencida que se ha rendido ante un enemigo inferior y que, avergonzada, sólo acierta a bajar la vista y tragarse el orgullo. Era casi como un calco de la procesión del cristo negro de Esquipulas, los porteadores de la imagen avanzando a trancos cortos entre la comunión de penitentes en plumajes negros, con ojos de fuego. El doctor Quesada abrió primero el portón de la hacienda, el gesto lento de precaución, para abrirse camino por la cohorte en luto que guiaba hacia el primer sacrificio. El subdelegado cerraba la columna, la mano fija sobre su revólver. En la entrada del zaguán de la casona, estaba el cadáver de Clachar, las cuencas de sus ojos despobladas, la lengua ausente en su boca, el cuerpo abierto en tajo único, del pellejo jirones y retazos. Los brazos eran huesos limpios de carne, sus manos descarnadas sostenían aún el máuser.

—Pobre —dijo entonces el subdelegado—. No lo supo hasta el final, que el peligro estaba adentro y no en lo externo.

Sobrepasamos aquellos despojos sin oposición alguna. Las aves también habían invadido la casa, como adornos fijos que apenas sacudían la cabeza, ojos que de reflejo alumbraban la penumbra de la tarde, por entre los pasillos, hasta el fondo, hasta la habitación.

¿Qué vi? Sé que es imposible de explicar. Una vista que no es para un mortal. La sala, el pasillo, los destrozos y las inmundicias de las aves como un rastro hasta la habitación. Y sobre la cama, que se anegaba en sangre oscura, estaba una mujer, sus restos, y algo más. Una figura acezante. No más grande que cuanto mide un bebé. La criatura era la encarnación de Xólotl, venida a tomar posesión, el espanto de un cuerpo de plumaje azul, con el hocico de un perro feroz aún cachorro y, en lo que sería su plexo solar, un agujero y costra de muerte, por donde entrara la bala de Clachar, los ojillos aún con fulgor, gemidos que eran quizás invocatoria vengativa a su cohorte, quieta, quizás estupefacta, tal vez resignada. Compañía en reverencia, que asiste al estertor conclusivo del rey-emperador. Al lado de la bestia, la cihuateteo, su madre ahora espectro honrado allá en el Mitclán. Un cuerpo destrozado desde lo interno en el parto/ritual, el vientre por donde surgió la bestia a su vida y muerte. Qué aconteció ahí es una interrogación al aire. —Quizás, si hubiésemos llegado unas horas antes —murmuró el cura.

—Imposible saber —remarcó el doctor (que esa misma noche me explicaría, que es común que Xólotl o sus guerreros muten al momento de nacer, causando la muerte de su madre, y de ahí la confusión de muchos antropólogos, que afirman que los aztecas llamaban cihuateteo a las mujeres que morían en el parto, y les concedían un lugar en el panteón que rige Mictlaxochitl, cuando en realidad el título solamente se concede a aquellas que dan a luz al príncipe can y sus lugartenientes).

El doctor, carabina martillada, me hizo entonces una seña. Había que acabar con aquella imagen. Volví al jeep y regresé con un bidón con diesel que cargaba siempre el doctor. Empecé a derramar el combustible. A chorros. Sobre el cadáver de la mujer, encima de la bestia, sobre los muebles y los zanates mismos, que lo aguantaban como ungimiento y bautismo. La bestia atalayaba impotente, con pupilas que, débiles, iban glaseadas de alucinaciones: sabía su derrota. Al salir del cuarto yo iba aún arrojando el combustible. Era obligación destruir el lugar completo. Luego, arrastré el cuerpo de Clachar hacia la habitación funeraria. Lo coloqué junto a la que fuera su mujer. La bestia jadeaba aún. El subdelegado apuntó su carabina a la cabeza del engendro, yo saqué mi revólver. Vi que de los labios del policía salía algo así como una plegaria. El estampido no inmutó a quienes, quizás una hora antes, habían descuartizado en vida al padre putativo de su dios. Comprendían lo inútil de aquello. Quedaban batallas por pelear. Rápidamente, abandonamos el lugar. Lancé el fósforo en el último tranco de la huida. Fue un fogonazo de infierno. Desde la calle vimos a la casa arder; no tardó diez minutos en derrumbarse sobre las llamas. Se fue al suelo en medio de un estruendo, encima de los zanates que aún en medio del fuego siguieron sin levantar vuelo.

Esa noche de revelación fue larga para mí y para el padre Cubas y el doctor. Sólo el subdelegado parecía tranquilo, pero yo sé que en su interior batallaba con la culpa por no actuar de inmediato. Él ya conocía las historias sobre el

Mictlán y la venida de Xólotl, y ahora sabía confirmado la última parte del mito: que aquellas batallas que había librado hacía tantos años era únicamente el preludio, los anuncios para el regreso del señor verdadero. No podría ya permitirse debilidades. Era necesario matar a las bestias antes de su llegada. Porque una de ellas, lo sabíamos ahora, sería el rey venido a reclamar su tierra, y su poder sería entonces imposible de enfrentar.

Pasó mucho tiempo desde aquella noche y, sin embargo, fue menos de un segundo. Porque parece que no ha transcurrido más que un segundo desde que el subdelegado murió. Desde que una bestia mató al doctor. Desde que el padre Cubas, desalentado, fue y se internó en lo profundo de Santa María. Y así como el viejo policía acertó en mi elección como guardián —porque sabía al doctor Quesada atrapado en el discurso de su profesión, y al padre Cubas prisionero de sus votos religiosos—, así también se equivocó conmigo al imponerme el amuleto dorado y nombrarme su sucesor; si mi carácter ermitaño me hizo inmune a los remordimientos de mi labor, también fue mi carácter el que me impidió medir los tiempos y saber cuándo tenía que buscar sucesor. Y en todo este tiempo, en que me fui instruyendo en los subterfugios de las huestes de Xólotl, en que los enfrentamientos con sus lugartenientes nos llevaron por toda la península y a veces más allá —allí donde muertes y rumores sin explicar nos señalaron los intentos que hacía el príncipe por establecer un pie en este mundo para iniciar su reinado—, la absorción en la lucha nos cegó ante la realidad de nuestra propia temporalidad. Cada victoria ante uno de sus soldados, fue una derrota por acumulación.

No sé cuántas bestias exterminé. Sé que quizás algún inocente fue también víctima colateral. Pero no podíamos abandonar la batalla, incluso cuando el subdelegado simplemente colapsó en su esfuerzo y ya no pudo acompañarnos en nuestras reuniones: ya hacía tiempo viudo y con su hijo estudiando en la capital se había refugiado en la lucha como si temiera no ver cumplida su misión. Poco a poco, las labores policiales fueron recayendo en su asistente, del que más de una vez sentí como me atravesaba con su mirada rencorosa. Algo no le caía bien de nuestro grupo, y yo nunca quise preguntar por qué nunca fue admitido en el mismo, pero la respuesta en el fondo me resultaba clara: su familia venía de las mismas montañas de donde sabíamos, se nutría la estirpe de Xólotl. Y así aconteció que un día el subdelegado simplemente no se levantó de su cama, y para la tarde la familia cercana había tomado posesión de la casa con ayuda del antiguo asistente —claramente por órdenes del hijo lejano—: no nos fue posible ya juntarnos con nuestro antiguo líder siquiera para despedirle. Y fue clara la actitud de desprecio de su hijo ante los tres viejos compinches de su padre, cuando nos vimos apartados durante el entierro a un rincón del cementerio. Pocos días después del funeral, no obstante, y sabiendo que el hijo del viejo subdelegado estaba de nuevo en la capital, me presenté en la casa de nuestras largas reuniones, en ese momento sola bajo los cuidados de una sobrina de mi antiguo amigo. La mujer yo diría incluso que se alegró cuando le pedí llevarme algo de aquellos libros y objetos que para su familia solamente significaban el origen de la chifladura de alguien que había sido tan buen hombre. No sé si la mujer contaría con la autorización del hijo del viejo policía y yo no quise averiguar. Aproveché su consentimiento inicial y me llevé ese día todo lo que pude en un viejo baúl algo desguarnecido, incluyendo, aparte de los libros y códices más preciados, algunas reliquias y amuletos que la familia ya tenía apilados en el patio trasero de la casa, cosas seguramente condenadas ya a la basura.

Unos meses después vino la tragedia. Habíamos estado siguiendo la pista de un guerrero. Las pistas revelaban un nuevo lugarteniente en viaje de exploración. Algunos terneros muertos en los alrededores de la finca del doctor fueron el primer indicio. El mandadero del doctor, un hábil capataz de apellido Briceño y recién venido de Rivas, había también descubierto rastros de sangre cerca de la casona de los peones. Decidimos actuar antes de dar tiempo al monstruo a asesinar. Tendimos una trampa, con la ayuda de Briceño. Seguramente, alguno de los sabaneros transmutaba en las afueras de los barracones (a Briceño lo convencimos haciéndolo pensar en algún puma o animal que merodeaba: esta sería la prueba para decidir si lo incorporábamos a nuestra misión). Nos apostamos por varias noches, en el zaguán de la casona del doctor, a espiar la plaza donde habíamos dejado pastar dos o tres vacas viejas. Pero tras cuatro días seguidos fue claro que el monstruo había olido nuestro asedio. No hubo señales de su actuar, ni siquiera trazos en las noches de sus vuelos y decidimos cambiar la estrategia debido a nuestro agotamiento. Nos turnaríamos en pares para la vela. El doctor y su mandadero serían los primeros, mientras el cura y yo descansábamos. Fue la peor noche de mi vida, porque ahí descubrí lo estúpidos que podíamos ser. A eso de la medianoche, apenas habíamos cerrado los ojos, hubo un alboroto espantoso afuera. Salté del camastro con el revólver en la mano. Escuché los intentos del padre por levantarse en la penumbra, pero yo ya corría hacia la puerta en medio del estruendo y al alcanzar el zaguán, no había mucho más que ver:sobre el suelo, bañado en sangre estaba el doctor, sus restos, es decir. Sólo espero que muriera sin darse cuenta, que la bestia lo decapitara primero. Tres o cuatro peones se acercaban ya, con velas en la mano. El padre para entonces estaba ya hincado. Creo que sollozaba en medio de su salmodia. Briceño, por supuesto, ya no estaba. ¡Cómo no lo habíamos previsto!

En una hora había llegado el hijo del subdelegado. Tenía si acaso algunas semanas de haber tomado el puesto. Lo acompañaba el viejo asistente de nuestro amigo. Sus ojos cansinos eran ahora un pozo legañoso, del que sin embargo aún brotaba la inquina: sé que nos seguía despreciando con toda su alma. También nos hacía responsables de la locura que había desquiciado a su antiguo superior.

El joven dio órdenes de arrestarnos y sé que él asistente lo hizo con gusto desmedido. En la cárcel nos golpearon un poco —bastante menos al cura, porque sin duda las sotanas mantienen a veces las jerarquías—. Pero yo sabía que en aquellos golpes había más frustración que otra cosa. Era claro que el doctor había perecido a dentelladas, y ni el cura ni yo teníamos rastro de sangre alguno en el cuerpo ni en las ropas.

A la semana dejaron ir al padre. A mí me retuvieron aún unos días. El asistente se apostaba sobre la reja y me clavaba sus ojos turbios, como si pretendiera desollarme con la mirada. El joven subdelegado me habló antes de soltarme, una vez más:

—Por respeto a la memoria de mi padre, les ordeno, que paren con estas tonterías. Yo no les voy a consentir más otra cosa similar.

Me entregó mis armas e incluso el amuleto dorado que me habían quitado al encerrarme, y que yo temía fuese a parar a sus manos, no tanto por esa costumbre policial tan nuestra de incautar lo que parece valioso, sino porque sospechara que había pertenecido a su padre.

Permanecí algunos días encerrado, curándome de las heridas. Por el padre Cubas supe que Briceño había desaparecido y era ahora el principal sospechoso. Los periódicos hablaban del atroz crimen. Del salvajismo impensable del supuesto asesino. Pero capturar a un hombre pájaro requiere sutileza y mucho sigilo, y no fue sino hasta algunos años después que logré dar con el paradero de Briceño, en las afueras de San Juan del Sur, al otro lado de la frontera. Ahí lo rematé piadosamente de un balazo en la cabeza, justo como lo recomendó siempre el doctor, en el momento de su transmutación. Lo encontré solo en una covacha hecha con latas de cinc, en una bosquecillo oculto detrás de un vertedero de basura. Se encorvaba sobre un fogón, preparándose algún atol de maíz, cuando retiré la manta agujereada que servía de puerta. No se asustó al verme. Es más, creo haber leído algo de agradecimiento en sus ojos al percatarse de mi presencia. Jamás, creo, se perdonó el asesinar al doctor. Pero no puedo decir más. Calló mientras le ordenaba colocarse las cadenas que yo llevaba, y se ató las manos y los pies de la manera en que yo le indiqué, con el revólver apuntado a su cabeza. Ni siquiera se movió cuando aseguré el candado, ni mientras yo recitaba los versos que sé invocan el poder de Xólotl y que aceleran la metamorfosis, tal como me los habían enseñado. Así hasta que de la piel de Briceño empezó a brotar primero una pelusa blanquecina, que se fue transformando rápidamente en un plumaje oscuro mientras el cuerpo se erguía casi dolorosamente en un graznido. Sólo disparé cuándo lo vi intentar extender sus manos ahora convertidas en gigantescas alas, y desesperarse por la cadena tirante que le impedía soltar su furia, quizás segundos antes que sus pies, ahora garras monstruosas, lograran reventar el débil metal y trataran de apoderarse de mí.

Para ese entonces, ya el padre Cubas se había refugiado en las montañas de Santa María. En parte por cansancio, pues ya no era joven, en parte aniquilado por la muerte de su segundo amigo. Sólo nos comunicábamos de vez en vez. Algún viajante que bajaba desde Santa María dejaba la nota en la pulpería de las hermanas Chacón. Y únicamente cuando algún niño se aventuraba a venir a dejarme el mensaje, o cuando yo acertaba a pasar por la pulpería a pagar deudas y reunir víveres, recibía el encargo. El camino de la respuesta era similar. Y así, del grupo, no quedé más que yo. Xólotl sin embargo, nos había concedido una tregua que, ahora lo sé, fue apenas un compás para asegurar su regreso. Y yo, con el doctor Quesada muerto, el padre Cubas recluido de manera permanente con sus indios de la lejanía, y muerto así también nuestro único intento por buscar algún otro guardián, admito que fui presa de la abulia. Y que en todos esos años en que no hubo más indicios en la comarca de que las puertas al Mictlán se abrieran de nuevo, alimenté por siempre la fantasía de no ser nunca más llamado a cuentas. Soy sincero: no me importaba lo que pasara luego. Guardé el águila dorada, el vínculo tangible con mi responsabilidad, en el fondo del baúl que sacara de la casa de mi amigo el viejo policía. Y permanecí encerrado en mi antiguo taller, hecho ahora un tugurio de restos de metal, partes mecánicas y libros, y mi fama de loco anacoreta se hizo asunto de burla entre los chicos y de temor entre los mayores las pocas veces que pasaba por el centro a comprar comida o semillas para mi huerta, o para administrar lo que me restaba de mis escasos ahorros. No esperaba, lo admito, ese día en que el padre Cubas regresara al portal de mi covacha, con el cráneo de su sacristán en un saco de lona.

Pero es algo extraño. Si alguien me hubiese preguntado un minuto antes de la llegada del padre, sé qué hubiese afirmado: que yo ya no iba a empuñar nunca más las armas contra el señor del inframundo. Pero la verdad es que, llamado a cuentas, nunca rehuí mis responsabilidades. Sé que por eso me escogió mi maestro. Así reinicié entonces la caza, el rastreo. Rescaté el amuleto dorado del fondo del baúl. Repasé en mi cabeza las oraciones de protección que me enseñara el viejo policía: invocaciones para traer en mi auxilio las fuerzas de los antiguos guardianes. Tardé un par de horas en echar a andar el motor de mi viejo jeep, el jeep que fuera del doctor Quesada en realidad, que quedara como reliquia a la entrada de mi taller, como pago por algún servicio en la maquinaria del arruinado médico devenido finquero, ya no recordaba cuál. El padre Cubas, entretanto, enterró la cabeza de su sacristán en mi patio, ahí donde ya algunos monstruos habíamos sepultado a lo largo de tantos años de lucha. A eso de las cinco, con el crepúsculo ya cerca, pudimos volver a Santa María. En el camino, el padre me fue refiriendo las señales: la llegada repentina de las aves hacía una semana, el tremor inquieto de los cerdos de la granja comunitaria, el resollar entrecortado de los perros.

Pero el padre estaba ya viejo, todavía más que yo. No supo reaccionar y sólo la desaparición de su sacristán, un chico huérfano, de unos dieciséis años, hacía un par de noches, lo había movido a actuar. Y así lo había encontrado al chico, tras un corto periplo por el monte que se alzaba detrás de la ermita, caído sobre un arroyuelo, el cuerpo, lo que restaba, fraccionado en gajitos precisos, y la cabeza arrojada a unos metros por allá.

Llegamos ya entrada la noche a la ermita que hacía de parroquia para todas las aldeas alrededor. Había mucho silencio. La ermita se erguía solitaria en el descampado que hacía muchos años habían abierto el padre y sus indios en medio del bosque. La ermita era como una especie de centinela que protegía el acceso al monte y que imponía el silencio de lo oscuro. Era de esa quietud que presagia extrañeza. Luego de comer, salí a deambular por los trillos que comunicaban los ranchos desperdigados con el patio central de la misión. Con una linterna, me fui abriendo camino por entre las cuestas y los recodos, la luna no alumbraba y mi pecho, encogido, me recordaba que ya no tenía el fuelle de un muchacho. Me detuve en varios lugares a mirar el cielo. Buscaba el rastro de la bestia, o el deambular de las aves. Pero la oscuridad conspiraba y el cielo me devolvía su quietud. A la medianoche, regresé a la ermita.

El padre tenía su vivienda en una casita derruida, adosada a las paredes de madera del templo. En su camastro, el padre roncaba. Yo me acosté en el suelo, sobre unos petates. Tuve dificultades para dormir: en mis sueños, aparecían el doctor Quesada y el subdelegado que me increpaban mi descuido y yo corría hasta extenuarme detrás de las sombras de los hombres ave. Al despertar había solamente un coro de gallos y la luz, el calor. El padre no me había despertado. Solo, hincado, hacía sus oraciones de vuelta contra la pared sin ventanas de la casucha. Esperé a que terminara para saludarlo. —Se han ido —fue lo único que dijo. Y era cierto. Al salir, no había ni un zanate alrededor. Ni sobre los techos de la ermita, ni sobre las cercas, ni posados sobre los pastos verdes ni revoloteando por entre los árboles que se cernían sobre los senderos que salían de la misión. Aún así, decidí quedarme un par de días; quizás Xólotl maniobraba para confundirme. Pero al tercer día fue claro que la bestia se había alejado de aquel sitio. Decidí regresar al pueblo; no quedaba más que esperar otra seña, algún error.

Mientras conducía de regreso, reflexionaba en que esta vez sería aún más difícil rastrear al enemigo, y que ya el cura Cubas de poco me podía servir. Debía extender las redes con más ahínco. Si mi amigo, el viejo subdelegado, mandara, sería distinto:

la ubicuidad de su puesto le facilitaría la llegada de las pistas, en los informes policiales y en el canto de los susurros que transmiten la información delicada. Pero ahora su hijo era quien daba las órdenes y no había caso en siquiera tratar de acercársele. Pero donde hay miedo, hechos insólitos, el rumor se propaga como un veneno y apenas me llevó dos o tres días de deambular por los alrededores del pueblo para darme una idea de que el monstruo no andaba lejos de nuevo. Aparecieron seis vacas descuartizadas en los fondos del río Bejuco, luego un toro brahmán despanzurrado en el fondo de un barranco, y tres perros callejeros amanecieron desguazados junto al muro sur del mercado: un día después, fue el pobre diablo de Molina en que resultó muerto. La bestia lo alcanzó durmiendo la borrachera en una de las acequias del antiguo trapiche.

Los detalles se me fueron pegando en la oreja; todos me apuntaban a que se trataba de algún hombre pájaro: el estilo y la furia de las muertes hacían suponer un explorador, quizás incluso una cihuateteo. Porque Xólotl es cuidadoso y envía siempre a sus huestes a preparar el camino. Pero las aves no aparecían aún y mis rastreos por el pueblo no daban resultado. Había contado seis mujeres embarazadas el pueblo, en distintos estados de gravidez. Vigilé sus casas por algunas noches, en un deambular inútil sobre el jeep del doctor Quesada. No vi trazas ni de las aves ni de la bestia. Iniciaba la inspección por donde sabía que dormía la mujer embarazada de un peón del ingenio. Cruzaba el pueblo luego en dos, hacia la botica de los Pacheco, donde la hija mayor esperaba su segundo hijo sin padre. Luego un largo giro hasta el barracón donde dormían tres familias de sabaneros itinerantes, las tres con mujeres en estado. Finalizaba en el extremo opuesto, frente a la casa del talabartero Yglesias, debajo de un bosquecillo de árboles de mango. Nada. Fuese de donde fuese que llegaban los ataques, lo más probable es que se tratase de una avanzada escondida en las haciendas de los alrededores del pueblo. (Sería hasta después que comprendería, en el último instante de la batalla, que el astuto señor de las profundidades había asegurado su regreso en un juego de escondites y doble vía, como para evitar la historia de Clachar.)

A los varios días de la visita del cura me llegó un mensaje. Un niño, de los que yo sabía me apedreaban a veces las ventanas, tocó tímidamente la puerta de mi covacha. Al abrir, ya corría por el sendero hacia la carretera. A mis pies, había un sobre con el recado del padre Cubas: ``Regresaron ayer''. Preparé mis escopetas y mi carabina y las acomodé en el cajón del jeep. Me colgué el águila debajo de la camisa. Me puse mi puñal al cinto. Ayer, dada la presteza de nuestro sistema, podía significar dos, tres días atrás. Me preparé rápidamente algo de comer para la salida, me serví un vaso de agua, no esperaba la segunda visita. Hacía tanto tiempo que mi puerta no sonaba más de una vez en un mismo día, ni siquiera en un mes.

Permanecí en silencio. Hubo entonces otro golpe. Me acerqué a la puerta, no sin antes tomar el machete que tenía sobre mi cama. Abrí con la zurda, sobre la perilla y su seguro. Con la mano derecha, detrás del batiente, sostenía el machete. Al otro lado, sin embargo, había solamente otra cara oscura, a quien no me costó reconocer en rasgos que me eran familiares. El uniforme de la Guardia Rural lo confirmaba.

—Buenas noches—dijo—. Si me lo permite, quisiera hablar con usted.

Mi respuesta fui abrirle paso a su estatura. Era un cuerpo grande, bastante delgado, que marchó con decisión hacia el único sofá de mi tugurio. No me preocupó mostrarle el machete: lo dejé de nuevo sobre la cama. En cierta forma, me gustaba mi fama de loco, y no llevar un machete al cinto, como la mayoría de los hombres de esta zona, sino un pequeño puñal, era otra señal más de mi chifladura. En todo caso, él no se había mostrado inquieto al verme el arma. No le temo a los locos, parecía decir su postura, ahí sentado, en el sofá.

—¿Quiere tomar algo? —dije.

—Un café, dos de azúcar —contestó. Ya en la luz amarilla de la habitación, eran más definidos sus rasgos, los ojos negros detrás de los lentes grandes, los pómulos salientes y rojizos. Y sin embargo, pese a la marca fenotípica de su madre, tenía en el aire de sus gestos un claro influjo del viejo subdelegado, mi amigo a quien extrañaba.

Me llevó un tiempo calentar el agua y en todo ese intervalo no hubo sino silencio. Excepto por un palmotear de su mano izquierda sobre su muslo opuesto.

—No es usted muy gregario —dijo, por fin, cuando la cafetera empezó a silbar.

—Tengo todo lo que necesito aquí. Y hace algún tiempo usted me dio una recomendación, que yo sigo al pie de la letra.

—No es lo que me han contado

—Dependerá de la fuente.

—Siempre me pregunté de qué vive usted.

—Para un hombre solo no es complicado ahorrar y vivir con poco.

—Hablando de no meterse en tonterías, quisiera decirle, que el de los cuentos soy yo mismo. ¿Qué busca tanto, saliendo a caminar por las noches? —Con el índice derecho, el policía se acomodó los lentes sobre la nariz larga y curvada.

Podía sentir sus ojos traspasar los lentes verdosos y enfocarme directamente. Yo permanecí callado. Tomé la cafetera, hice pasar el agua hirviendo por el colador con café, observé el líquido entre rojizo y marrón que cayó en la jarra de metal. Coloqué dos cucharadas de azúcar y, girando la cuchara, le acerqué la jarra al oficial.

—Hace unos días, anduvo usted por la misión de Santa María, ¿no es cierto?—dijo entonces, mientras se incorporaba ligeramente para asir la jarra.

—Hay buena caza de venado por ahí, y tengo un amigo donde hospedarme —contesté.

—Eso me dicen —dijo el policía y sorbió antes de proseguir —. Supongo que el viejo cura, hasta anteayer, al menos, habrá sido un buen anfitrión.

Sentí mi piel erizarse. Pero logré mantener la rigidez de mi rostro. Fui y me senté de nuevo frente al subdelegado. Ya por el pobre del padre Cubas no podía hacer nada. Ahora más que nunca debía pisar con cautela. El policía me miraba fijamente. Estuvimos así casi diez minutos. Yo sentía que el tipo simplemente me tendía redes, como si tanteara por el punto por el cual enlazarme. ¿Pero de qué podía acusarme? No tenía la agudeza mental de su padre. El estudio, quizás, como a muchos, le había apagado la viveza requerida para leer la mente de otro humano.

Sé que, en realidad, la suya era una sospecha más que la colección de pruebas o circunstancias. Y sé que conocía de la muerte de Briceño, con una bala en el pecho. A través de la frontera la información fluye más que las personas. Pero no había forma de que me pudiera relacionar con aquello. Nunca usaba un arma dos veces. Y mis tiros eran siempre limpios. Es la única forma de matar a los hombres pájaro. Y a Briceño lo maté en su estado alterno. Es lo justo, como me enseñó el doctor Quesada. Para ellos, morir como en un sueño. El matador de bestias debe ser piadoso también. Con las mismas precauciones eliminé a una cocinera de la hacienda de los Prado, y a un sabanero a destajo que venía del sur. Y como hombre solitario, en una tierra que no es la mía, sé que soy sospechoso por exclusión. Pero acepté seguir en la lucha, prepararme para la siguiente batalla, aunque al final me hubiese dormido en mi vigilia. Porque ahora sabía que lo de Briceño, el sabanero, la cocinera, algunos más en aquellos largos años, fueron apenas escaramuzas contra los exploradores. Y que debí mantenerme alerta contra los mensajeros que allanan el camino, eliminan los obstáculos, no solamente para no ser sorprendido como el doctor, despanzurrado en el zaguán de su casa por el enviado más inesperado de Xólotl, sino por la misma venida del príncipe can. No esperaba que el mismo subdelegado me diera la pista, al encorvarse, de repente, con un leve gesto de dolor en el semblante.

—Malditos estribos —dijo, apretándose con el pulgar la parte interna de su rodilla derecha —. Y este Yglesias... No hay nada peor que el hombre con mujer recién parida. Hasta que no fue a recoger hoy a su mujer a Santa María, no quiso abrir el taller.

Fue entonces la claridad. El nombre del talabartero se me clavó como una aguja de luz en el cerebro. Fue apenas un instante y, en el momento en que el policía volvió a levantar la cabeza, yo le di con mi puño desnudo en su nuca.

¡Puede ser tan largo un segundo como una vida! Porque el resto apenas es un trazo ahora en mi cerebro, ahora que levanto mi arma para finiquitar mi deber. Desarmar al policía, salir a trompicones de mi taller. Inhabilitar la vieja patrulla, lanzar el revólver del policía sobre la cerca. Subir en el jeep, hacerlo correr entre la oscuridad de la carretera, el asfalto de repente abierto por la luna llena, así hasta la casa de Yglesias. Así mientras me increpaba por mi estulticia al no percatarme a tiempo de las ausencias de su mujer. Había hecho mis guardias durante la noche, pero me había perdido de sus ires y venires diurnos, que coincidían con las pistas dispersas que habían dejado las aves. Ella se había ido y con ella los pajarracos. Pero él había permanecido, guardando la posta si se quiere. Y de pronto, al doblar la esquina hacia mi objetivo, cientos, miles de zanates, que me empiezan a atacar en bandada.

Yglesias me espera en guardia, en el mismo umbral de su casa y, más allá, la cihuateteo, que se había ya transformado para mejor defender a su hijo divino. La pelea es cruenta y, por fin, puedo asomarme a la cuna y ver a Xólotl otra vez ante mí, con mi único ojo, ahora que de la cihuateteo ya no hay más gemidos moribundos y las aves me rodean en su afán inútil por detener mi justicia. Así logro levantar mi mano zurda y apuntar al príncipe maligno con mi revólver. ¡Puede ser tan largo un segundo! Rememorar, recordar, un prado, los ojos de mi padre al despedirme hace tantos años cuando inicié mi migración, los cánticos de mi madre que me mecían siendo niño, la voz de mi viejo amigo el subdelegado, el padre Cubas, el doctor Quesada... no es posible tener piedad, es sólo un intento, es tan largo un segundo y tan corto para el viaje de la bala que se me aloja desde la espalda y que me va rasgando los tejidos en su viaje hasta el corazón. Un segundo es una eternidad y, en los ojos de Xólotl, está la risa, porque sabe que mi mano se desvía, porque sabe que me he quedado sin puntería y el guardián cae sin completar su misión.

Fin de lazo

Colgó con un gesto cansado. Era el calor. El aire acondicionado roto. El sudor frío en la sien y el recuerdo aún del sobresalto al despertar por la mañana. La angustia en el pecho. Por un momento había querido contestar lo que parecía correcto en situaciones así. Pero la otra resolución, la más oculta, aquella que últimamente sentía venirle desde el fondo del estómago, pareció aliarse con el calor para decidir el triunfo: entre ambos, de su boca, habían hecho salir un escueto "hablamos luego" y luego lo habían hecho colgar. Hablar luego. Postergar. Lo suyo era una colección de postergaciones y un fluir inmóvil. (A veces, cuanto deseaba se resumía a volver atrás. A las memorias de la casa de la abuela. Las tablas, la pintura descascarada, el olor de la húmeda madera y la cadencia del mar cercano. Los juegos y carreras por entre los zaguanes y los turbios corredores.)

Levantó la cara. El aire del ventilador batía desde el techo pero aquello era insuficiente para salir de aquel sopor que lo inmovilizaba: si se levantara de la silla, lo sabía, la camisa iría adosada a su piel como los restos de una mutación. (Cuando niño no le molestaba tanto el calor. En sus viajes al pueblo de su abuela, el calor era lo primero que recibía con agrado: dormir las noches sin temores al persistente ataque de sus bronquios, con largos sueños en que los que se sentía volar en bandada sobre los oscuros prados.)

Afuera: el ruido, el día, la voz de Vanessa que parecía salir aún del teléfono. Adentro: el recuerdo de sus sábanas manchadas al despertarse, el recuerdo de su propio cuerpo magullado, el ardor del agua de la ducha, recorriéndole la piel febril. No podía pensar en el futuro. No podía, aún, aclararse qué conllevaba la decisión de Vanessa. Miró su reloj. (La casa de su abuela era más larga que ancha, una geometría de maderas y crujidos montada sobre altos pilotes para sobrevivir el desborde rutinario de los ríos y de los canales cercanos. Angostos cuartos y ruidos múltiples por las noches: cucarachas, mantis, viborillas, ratas y murciélagos haciendo su procesión. Una casa de silencios en sordina y memorias mustias.)

Pasó el dorso de la mano por su frente, enjugándose el sudor, y luego se masajeó con los dedos finos el domo de su cabeza al rape. La oficina ardía quietamente y sobre su escritorio los legajos de la noche eran pasto de fuego. Sabía que contenían lo usual, los había repasado rápidamente: robos, cuatrerismo, broncas de borrachos, acuchillamientos y cruce de machetes entre peones agrícolas y sabaneros, algún turista con drogas, y un decapitado hallado a la vera de la ruta cantonal. Una noche típica, de acumulación. (A veces, en la noches, reflexionaba. Que casi todo sucedía al meterse el sol, como si la pérdida de iluminación alejara de aquella gente el lado celestial de su espíritu y despertaran las trazas salvajes de la tribu. Luego, volvía el día, con la luz, con la razón, y él, fiscal auxiliar, con su poder burocrático debía ordenar el mundo, ponerlo de nuevo en la pista de la civilización. Para eso servía su firma, en cada legajo. Descartar, pasar a instrucción, archivar, descartar. Y sin embargo no podía arrancarse del pecho la sutil pero clara convicción, ahí muy adentro suyo aunque la negara con todo el uso de su raciocinio y su creencia en el progreso y la ley, de que todo se trataba de una lucha ya perdida: al final la barbarie triunfaría, porque moraba en los mismos genes, en cada glóbulo rojo y cada célula en lo más recóndito de aquellas gentes. ¿Qué podía esperarse, si aun quienes debían impartir la ley como el subdelegado policial vivían enjaulados entre el mito y la superstición? Los escritos que le había prestado aquel viejo oficial, apenas recién llegado él, era solamente una muestra más de la insania que poblaba las mentes de aquellos parajes. Una insania que empezaba a contagiarlo... Qué un funcionario supuestamente comprometido con la razón y el orden se dedicara a escribir semejante colección de sandeces, típica de misterios góticos pasados de moda, con aquellos cánticos sin sentido, intercalados en la prosa... cómo se arrepentía de haber cedido a leer aquel estropajo, de haberlo releído algunas veces más incluso, tratando de colegir la intención de quien se lo pasara, cuando lo justo era haberlo guardado desde la primera ocasión en el fondo del basurero más profundo, y luego balbucearle algunas mentiras al viejo subdelegado... era sólo aquel estúpido y arraigado espíritu suyo del deber y el respeto el que le había obligado a la tarea...)

La mañana había sido lenta y pastosa, como un océano de sal inmovilizado por el calor. Pero él debía tratar de retornar al mundo real, concentrarse en el ahora: vencer al sopor ya no tanto del ambiente como de su misma razón, que parecía se dejaba vencer por aquella atmósfera malsana. Volvió a erguirse sobre la silla. Tomó el primer legajo, luego el segundo: fue anotando en su cuaderno los detalles, determinando acciones: era cuestión de proceder como en una fina contabilidad, anotar al debe y al haber, justificar la acción con alguna clara y sustentada instrucción procesal. Sólo lo detuvo el último expediente: un hombre decapitado, sin rastros del apéndice que se supone centro de la conciencia. ¿Podía llamársele aún hombre?, pensó. ¿No era ya sino un trozo simple de carne desprovisto de lo que le hacía ser, su yo? ¿Y aquel corte, casi quirúrgico, que describía la autopsia, como el de un rito ancestral? Entonces se detuvo de improviso en su reflexión y manoteó con fuerza la mesa. Se había descubierto tarareando a sovoz uno de los estribillos de aquellos malditos poemas... la secuencia rítmica y sin sentido de aquel trabalenguas que, sin embargo, se le había calado en la memoria...

Se lanzó hacia atrás en la silla, las manos aferradas al borde de los descansabrazos. Suspiró de nuevo. No era la primera vez. Se había pillado haciendo lo mismo bajo la ducha o durante sus sesiones de ejercicios... incluso el día en que había acompañado a los detectives en su re-inspección de un escenario, el del último caso ocurrido antes de su llegada al pueblo... Tenía que salir, refrescarse, borrar las imágenes de aquel texto, de los estribillos, de las aves, de los vuelos en bandada con que soñaba últimamente, como en sus días de niñez... pero sobre todo del ardor en su estómago, del recuerdo de aquella mañana, del inusual tono ronco de su voz cuando había saludado a su asistente al ingresar a la oficina... Trató de concentrarse en el batir del abanico eléctrico, en el adormecedor zumbido que apenas tapaba el ruido de la radio en la oficina contigua. Tomó una larga bocanada de aire, espiró lentamente y, colocando su mano derecha bajo los lentes, se restregó lentamente los ojos. ¿Qué le pasaba? Sabía que su inquietud ya no eran nada más los restos de su mal dormir perenne, de aquella indisposición antigua en sus recuerdos lejanos de niño. Algo había pasado la noche anterior, algo había llegado casi al extremo: había cerrado los ojos agotado por el cansancio para abrirlos súbitamente en medio de la penumbra de la aurora... aunque es verdad, que despertarse en su cama, envuelto en sudor, extenuado por el ejercicio físico imaginario en que le sumía su sueño, muchas veces sin saber cómo o cuándo había llegado ahí... hacía tiempo que se había acostumbrado a aquello, desde niño. (Vanessa llegó una vez incluso a acusarlo de desconsideración, en una de aquellas noches furtivas: de haberse despertado ella a medianoche, abandonada en la habitación del motel, apenas un lugar vacío a su lado, en la cama donde se habían acostado juntos hacía unas horas nada más. El juró luego haberse despedido, hacer el ritual de salida por culpa de algún compromiso de trabajo a deshoras, pero lo cierto es que no recordaba nada y se había excusado con toda la conciencia de que mentía, simplemente porque en su mente no había memoria alguna de lo que había pasado después de acostarse junto a Vanessa aquella noche, como en tantas noches de su vida...).

Vanessa. Es difícil ordenar la ideas de un desliz que se va complicando por entre los resquicios de lo cotidiano. El intento de hacía unas semanas había sido un gesto vacuo por lograr alguna reconciliación y resucitar aquello que había nacido condenado: una vaga esperanza de que el sexo y los agotamientos físicos reventaran los sellos. Se encontraron a medio camino de la capital, en un hotel anónimo. Un hotel de esos que pululan en la costa, de los que nadie quiere visitar durante la época lluviosa. Vanessa vino con la excusa de una inspección judicial por la zona y juntos deambularon por la playa, comieron en un restaurante, hicieron el amor y se dijeron a la mañana siguiente que ya no iba más: simplemente, se habían encontrado en el momento incorrecto, cuando ya sus caminos estaban trazados. Ella no iba a dejar a su marido, él no quería mancharse con los ojos de los demás encima: apropiarse de la mujer de un compañero de trabajo. La vio partir en su auto oficial, de vuelta hacia la capital y de ella sólo hubo un ademán por la ventanilla antes de volver el rostro. Por entre el cristal, él adivinó que un par de lágrimas le bajaban por la mejilla izquierda.

Abrió los ojos. Su psicólogo le había dicho que quizás salir de la ciudad por un tiempo ayudara a dominar sus problemas de sueño. Buscar un ambiente extraño que alejara los fantasmas del ambiente que azotaban su subconsciente. Pero sus problemas para dormir se habían venido con él desde la capital, igual que le habían acompañado toda la vida —no en balde llevaba adentro últimamente la certeza de que su visita al psicólogo no había sido sino otro desperdicio de dinero— pero hoy por la mañana algo se había roto y, si bien al abrir la vista hacia la habitación aún turbia no hubo por un instante una verdadera sorpresa, al llevarse las manos al rostro adormecido, el acre tufo de la materia que ha estado viva se le escabulló por entre las fosas nasales y, de repente, sus dedos se quedaron adheridos a alguna sustancia pegajosa que parecía cubrir su rostro, lo que le hizo abalanzarse fuera de la cama, para descubrir que tanto su cuerpo como las sábanas de su lecho estaban impregnados de tierra y sangre.

Decidió salir de la oficina entonces. Tomó el último expediente y se levantó. Salió hacia la antesala, dijo a la auxiliar de fiscalía:\,—Me voy donde Sloan —\,y la auxiliar le cruzó apenas un parpadeo como respuesta. Tenía un lunar y una verruga diametralmente opuestas, en cada mejilla: eran el único defecto de toda su tez. Por la pose alerta y predispuesta de su cuerpo, era claro el mensaje de que, si hubiera podido, ella se habría ido también.

La brisa afuera, por un instante, fue un alivio en la calle consumida en luz. Sobre los adoquines grises su cuerpo no dibujó su sombra. El alivio vino y se fue. Apenas el escaso tiempo de evaporación del fresco sudor acumulado en su espalda y debajo de sus axilas. En la casa de su abuela, también, el sudor era una bendición que duraba poco. Cruzó la calle hacia un pequeño local. Un alerón con soportales, mesas de plástico bajo la escasa sombra y, tras la puerta, la promesa del aire acondicionado, del ronroneo que lo anunciaba. (Quizás, si hubiese prestado atención, los habría visto, los dos pajarracos con sus plumajes oscuros, hacer un círculo sobre él.)

Hizo pie en el local. Adentro había más mesas de plástico desparramadas irregularmente. En ellas estaba la clientela de una mañana cuando ya ha pasado la hora del desayuno y que se refugia en la inacción de un día en que si acaso cabe reposar. Pidió una gaseosa al hombre detrás del mostrador —Sloan era un libanés con un ojo estrábico— y buscó la mesa libre más apartada. Abrió el expediente. No sólo era el séptimo decapitado en menos de un semestre, sino que era el primero desde su arribo, y sabía bien que su presencia en aquel lugar perdido en su memoria infantil era más el producto fortuito de aquella seguidilla de extraños asesinatos, antes que el resultado de su propia decisión.

La plaza de fiscal temporal era de hecho una coincidencia venida al dedo: de repente, había una solicitud urgente para resolver un caso que amenazaba con volverse escándalo. Algo venido sin buscar, la mañana siguiente de su cita con el psicólogo. Apenas sentado en su escritorio, recibió la convocatoria telefónica del director general: le pedía su colaboración para un asunto delicado, una solicitud urgente, que podía rechazar en caso de encontrarla poco atractiva: era una subdelegación regional, con plaza de fiscal asistente. Generalmente un destino de novatos que, o servía como puntapié inicial para una carrera aún verde, o como puerto seguro para recalar en caso de una catástrofe profesional. Nada apetecible para un prometedor fiscal de la sección de homicidios de la ciudad capital, con un equipo ya de abogados y detectives a su cargo. Pero el caso había sobrepasado a las autoridades locales y éstas habían solicitado el apoyo extra con premura (él ya conocía desde hacía un tiempo al encargado policial de aquella subdelegación: de un convivio con las autoridades de la región al que habían asistido él y su director, hacía poco más de un año. El viejo se había acercado a su superior pasados los actos oficiales y se habían abrazado como antiguos compinches; su jefe les había presentado rápidamente pero con detalle, pero el viejo pareció no darle mucha importancia al nuevo fiscal de homicidios, y le dio casi la espalda mientras soltaba un par de bromas obscenas sobre las nuevas juezas del circuito judicial local. Sólo cuando él quiso mencionar, quizás presa de la incomodidad social, que su padre venía del mismo pueblo que el subdelegado, había habido un cambio, un giro casi imperceptible pero inmediato de la mirada del viejo, y un destello había saltado desde los ojos casi muertos detrás de aquellas gafas verdes... él habría podido jurar luego que, al despedirse del oficial apenas segundos después, aquella mirada prácticamente le penetraba por entre las cuencas hasta el fondo del cráneo...). Había entonces seis muertos en la cuenta; un asesino serial o un grupo de fanáticos homicidas suelto (algunos diarios hablaban ya de ritos satánicos, pues las víctimas era siempre decapitadas). El director no quiso dar más detalles: le había ya enviado el legajo que resumía el caso y le pedía una decisión lo más pronto posible. Él colgó y meditó sobre la extraña conjura con que a veces se mueve el universo, y no le dio más cabeza al asunto: había bastante trabajo por resolver esa mañana.

Pero el legajo estaba sobre su escritorio al regresar del almuerzo, así que se sintió obligado a responder de inmediato. Respetaba a su superior: era ya un hombre de larga experiencia que se reflejaba en el andar encorvado y la mirada chispeante, que le había apoyado cuando lo necesitaba, y que nunca le había negado un favor. Pidió a su secretaria cancelar las citas, aseguró la puerta de su oficina, descolgó su teléfono y apagó su celular. Revisó las minucias del expediente durante toda la tarde y sólo al cerrar la jornada, se había decidido. Aquello era una colección de ineptitudes: errores de levantamiento de indicios, muestras contaminadas, tomas de declaraciones sin firmar. No fue sino hasta el quinto homicidio, en que a alguien se le había ocurrido atar cabos: víctimas siempre asaltadas en un descampado, a altas horas de la noche, cuerpos descuartizados, la cabeza cercenada siempre a unos metros del cadáver, prolijamente colocada. Todas las víctimas pertenecían a ese sub-grupo humano que algunos en su oficina llamaban carne de expediente: borrachines o drogadictos sin remedio, una prostituta ya vieja y un par de mendigos dados a extorsionar a turistas con la excusa de cuidarles el automóvil en algún sitio público. Ese tipo de personas que engrosan los legajos judiciales con robos de poca monta, posesión de droga, alteración del orden público, y que nunca pasan más de dos o tres días detenidos (en particular, porque también se sabía que estas gentes buscan a veces el abrigo de una celda con la comida asegurada, cuando el negocio o la limosna andan de temporada baja).

Así que se había venido al pueblo hacía un par de meses. Un pueblo de nombre largo y complicado, del que recordaba sin embargo algún trozo, en alguna conversación pasajera que no iba dirigida a él, de cuando niño, escuchada en el filo de la compresión infantil: ``...él vino de un pueblo casi fantasma, y como un fantasma se hizo humo también...". Algo borrosa la frase, tanto como los rostros de aquellos de los que la había escuchado. sólo al perder la ingenuidad con los años lo comprendería, que la frase trataba de su padre y de aquel rumor de que se había largado para el norte sin cumplir como hombre honrado con el resultado de su simiente irresponsable; un hombre típico de los de aquellas épocas. Pero su abuela comentó una sola vez aquella desaparición, la última ocasión que la viera viva, durante sus vacaciones antes de entrar a la universidad; la mujer ya casi inválida, sobre una mecedora (moriría antes de terminar el año), había aferrado las manos del adolescente entre las suyas más oscuras y débiles, la mirada fija en la suya, con un fulgor que quizás incluía algo de temor, como si le esculcara, como si tratara de leer en el fondo de sus pupilas algo que él no sabría definir, la mirada que algunas otras veces le sintió escaparse quizás contra su voluntad, la de quien trata de ver lo oculto en los demás.

—Dejame decirte algo—dijo su abuela en los largos suspiros de su lengua materna—: tu padre no era un hombre para vivir entre los hombres. Fue lo mejor que se fuera lejos de ustedes. Fue mejor que nunca lo conocieras.

La mesera trajo la gaseosa y un vaso. A intervalos, él fue trasvasando el líquido, entre sorbo y sorbo. Intentó que el olor memorioso del líquido frío luchara contra la migraña. Abierto, el expediente le confrontaba como un tajamar. Estaba la declaración de los agentes que habían levantado el cuerpo: lo que restaba, para ser exactos. Una colección de rebanadas, un cadáver en cubitos sanguinolentos. A la altura de los restos del cuello, sin embargo, había una diferencia que lo volvía un poco distinto a los seis casos anteriores: las trazas de algo así como un mordisco salvaje que había arrancado la cabeza de cuajo (en los demás, el decapitar había sido casi que perfecto, como de cirugía), la que esta vez sólo habían podido encontrar tras un rastreo de veinte minutos, abandonada sobre un matorral a varios metros de la escena.

Sintió entonces un extraño escalofrío. De un movimiento reflejo cerró el legajo. Un tremor instintivo en el cogote que lo hizo levantar la vista hacia la puerta. Era el subdelegado policial en jefe que entraba. El viejo funcionario hubo de tomarse más tiempo para localizarlo y, únicamente tras pasear la vista por todo el local, pudo percibirlo. Vino entonces hacia él, pero no sin antes saludar la mano flaca y larga del libanés, extendida desde el mostrador. El paso era lento y las sienes blancas, el movimiento irregular de un cuerpo que había sido grande y ágil y ahora era apenas torpe y gordo. El subdelegado tenía unos ojillos oscuros y legañosos —ojos de viejo— que, sabía bien el fiscal, brillaban desconfianza a través de sus lentes de cristales verdosos.

—¿Licenciado...? —dijo el policía a manera de saludo. Después, un soplido, mientras aquel cuerpo se postraba en la silla, el bufido de hombre que habla mientras ejecuta un esfuerzo que no le es sencillo: —Perdone que lo moleste, su asistente me dijo que lo encontraría por aquí—. La moza se acercó. Traía una taza de café entre las manos, que puso entre las del señor comisario. El viejo la colocó a su vez sobre la mesa, usando su derecha mientras que, de un movimiento de zurda, arrastraba hacia sí el expediente cerrado, enfrente del fiscal. Un gesto de autoridad que el fiscal, técnicamente superior, soportó con algo de rencor, como alguien consciente de que no siempre es posible imponer las categorías a punta de voluntad. Pero el enojo se disipó pronto, al percibir el fiscal de súbito (casi con alegría) que, conforme avanzaba la lectura, la sonrisa de aquellos labios delgados y pálidos se fue diluyendo entre las arrugas del rostro cetrino. Personalmente, lo admitía, detestaba aquella condescendencia del anciano, sus gruñidos, el continuo rascarse la escasa barba sucia de días —cuatro o cinco vellos blancos y algún negro en la punta del mentón— con que lo atendía cada vez que debían coordinar algún caso, un allanamiento, un arresto. La animosidad displicente con que parecía aconsejarle, decirle que con todo y sus títulos y sus rangos de la capital, no era más que un pollito novicio para él. Incluso en su primera entrevista, cuando el viejo se había limitado a resumirle displicentemente la situación que ameritaba su venida al pueblo (como si no hubiera sido él mismo quien hubiera solicitado el apoyo de la capital a su viejo amigo director). Pero él sabía que el subdelegado era un tipo astuto. Pocos conservan un puesto como el suyo durante tanto tiempo si no es por su habilidad para navegar las turbulentas aguas de la política pueblerina, especialmente cuando cambia el partido en el gobierno, y ya desde aquella primera entrevista él había presentido algo amenazador en aquel viejo, algo que compelía al andar de puntillas y cuidarse las espaldas en todo. Quizás por eso había aceptado aquel manojo de hojas escritas a máquina con anotaciones al margen, al terminar la primera entrevista: él viejo únicamente manifestó que aquellos textos podían tener algo que ver con el caso, pero que no se atrevía a discutir el asunto con él hasta que el señor fiscal no los estudiase con calma. Ensimismado, sólo una leve tos del subdelegado lo hizo salir al fiscal de su introspección y percatarse de que el delegado lo calaba de hito en hito:—Es algo jodido.

—Algún loco.

—Algo peor.

—Parece el mismo patrón. Hemos tenido algunos casos de este estilo en la capital, típicamente obra de algún desquiciado—(sin quererlo, había alguna ansiedad en la voz del joven fiscal, un agolpar de pensamientos desordenados: su dormir irregular, el suceso de esta mañana, la llamada de Vanessa, el timbre serio de ella al iniciar la conversación: ``Decidí separarme; hoy hablé con Martín...''. El fiscal presentía en su sangre la tempestad que se formaría en apenas unos días, cuando saltara la noticia...).

—Dígame, licenciado—lo interrumpió el viejo—: esta noche, ¿qué tal si me acompaña en la cena y, de paso, me comenta que le parecieron esos textos que le presté?

La manaza del hombre estaba tendida amigable. Era la primera vez que el señor subdelegado policial en jefe del pueblo le invitaba a su casa y en su cabeza se quedó aquella imagen del viejo sentado en la mesa, mirándole con ojos amables de borrego de los que, sin embargo, luego creería recordar parecía refulgir una especie de luz fría y calculadora a través de los verdes cristales, exactamente la misma cuando se habían conocido. Una imagen que se llevó consigo cuando se levantó de la mesa y dejó al viejo policía para volver a lo suyo.

Había ya cola frente al despacho. Fueron necesarios un par de saludos entre los muchos que esperaban. La auxiliar, de pie, parecía ordenar un archivo. Daba casi que intencionalmente la espalda a los rostros expectantes de quienes aguardaban detrás del mostrador. Sólo hubo entre ella y el fiscal un juego de miradas. Él dejó el expediente sobre el escritorio de la auxiliar y notó que el teléfono de ella estaba descolgado. La auxiliar, sabiéndose interpelada por el silencio ante la acumulación de gente, explicó: —Estoy buscando unos datos, un caso que me pidieron de la capital.

Él la miró sin pestañear: —Cuando vengan los que levantaron el cuerpo de este expediente —dijo—, que hablen conmigo—. Se dirigió luego hacia su oficina. El calor era el mismo. Pero debía continuar. En la tarde, tendría cuatro audiencias con la jueza de distrito. Sosegado, se puso a repasar el primer caso de la lista que había anotado prolijamente en su cuaderno: una estafa notarial.

Al mediodía cortó para comer. De nuevo donde el libanés. Las mesas ahora completas eran un barullo de comentarios y choque de cubiertos. Seis o siete personas levantaron la mano al verlo: ``Licenciado'', acompañando el saludo respetuoso con una leve inclinación de cabeza. Alguno se acercó incluso a su mesa reservada, la mano extendida, obligándolo a tomar ese lugar indeseado de figura pública.

Sabía que para ese instante el rumor de la nueva víctima no era cosa nueva. En cuestión de minutos recibiría quizás la primera llamada de la prensa. Un nuevo aliciente para el mito y el misterio. Por lo que le contaba la auxiliar, las hipótesis en la calle iban desde el ajuste de cuentas por tráfico de drogas a la venganza de algún inédito ser fantástico. Los medios locales sostenían por supuesto la primera. Pero el presentía en las miradas de los lugareños una especie de descreimiento por la explicación racional, algo que incluso creyó presentir en la mirada de su auxiliar de fiscalía y en la del viejo subdelegado policial. Sí, se dijo, el salvajismo no había aún abandonado aquella región, como no la había abandonado aun en sus tiempos de niño en el pueblo de su abuela.

A tantos años de distancia, había en aquel paraje —tan distinto y de costumbres tan opuestas a las que recordaba de su infancia—una especie de atmósfera oculta, que parecía invocar el pasado de cuando los pañas no eran siquiera una profecía por estas tierras, y que transformaban al lugar en el gemelo opuesto e inesperado de lo que había vivido en la casona familiar cuando niño. Era un sitio embebido en sus tradiciones y sus mitos también, que lo regresaban al fiscal hasta aquellas largas noches de dominó en el zaguán de su abuela, hacia el bullicio, el calor, el sonido del banjo y los calipsos a voz rasposa al caer la tarde, las tortas de plátano que chorreaban azúcar entre las manos mientras los niños se reunían frente a los viejos para escuchar relatos antiguos, las historias de la abuela sobre años largos y perdidos, historias de la tierra ancestral, de príncipes cubiertos de oro y marfil, que se vestían con pieles de león y jirafa y que cazaban montados sobre elefantes. Y también los cuentos de horror: de los brujos que robaban el alma, que hacían levitar los muertos y que causaban enfermedades mortales con el solo mirar de sus ojos punzantes. Eso y las extrañas ceremonias de su abuela cuando recibía visitas sigilosas por detrás de la casona, a quienes hacía pasar al único cuarto vedado a los infantes. A la izquierda de la cocina. Varias noches, desde su camastro, tuvo oportunidad el fiscal entonces niño aún de escuchar los ruidos, las palmas, los cánticos en sordina, el olor a incienso, jengibre, fruta de pan y madreselva, la voz de su abuela a través de la pared, en una lengua extraña que sonaba a centurias. Ese cuarto en que sólo una vez había entrado, a escondidas, aprovechando una ausencia inesperada de su abuela la última tarde de sus últimas vacaciones de primaria. Había abierto pacientemente el cerrojo, con la ansiedad curiosa de un niño que quiere saber y, adentro, sus ojos asustados se extasiaron ante las paredes cubiertas de máscaras coloridas: los rostros horribles de animales fabulosos con cuernos de toro y largas barbas de gangoche. Del cielo raso colgaban cuerdas anudadas con figuritas blancas y negras, que rodeaban un altar lleno de velas, sobre el que parecía presidir una vieja biblia del rey Jacobo y un cáliz de bronce. En el centro: una silla; sobre ella, una sábana blanca. (A la mañana siguiente de su transgresión, había sentido de nuevo aquella mirada de la abuela, esa mezcla extraña entre la auscultación y el calor de su cariño innegable, pero su abuela no soltó una palabra al respecto. Así habían desayunado juntos, y así lo había acompañado ella hasta la parada de autobús. Lo último que recordaba eran las manos de la vieja apoyadas en sus cabeza antes de subir al autobús, eso y su plegaria ininteligible, apenas un murmullo que emanaba de su boca desdentada.)

Quizás, pensó, fuera en aquellos entramados tan distintos y tan similares en sus misterios y leyendas donde naciera la chispa que había acercado a su padre y a su madre, ambos solos en la gran ciudad paña, quién podría decirlo.

Regresó de comer a su oficina y el resto de la tarde transcurrió en un ir y venir entre el juzgado y su despacho. Tomar declaraciones, exponer pruebas, rebatir argumentos de los abogados defensores. Pero en cada corte de actividad le sobrevenía un ansia que lo hacía mirar la carátula de su teléfono celular, rebuscar en los buzones de mensajes, juguetear con la memoria del aparato sobre el nombre de Vanessa. Una vez incluso lo hizo marcar para colgar antes del primer timbre. La voz segura de Vanessa era un ancla hacia la que tendía receloso y, como un animal salvaje que presiente contra su voluntad las ventajas de la domesticación, le parecía verse como una bestia que acercaba su hocico hacia la mano extendida con el terrón de azúcar. (Su psicólogo afirmaba que todo aquello —las noches en vela, las pesadillas, el cuerpo destrozado por las largas noches que le parecían espacios en blanco— era quizás ante todo una reacción, un rechazo a la madurez: un negarse a caminar en su cuerpo de hombre adulto. Por eso se transformaba en sueños en otro ser, otra figura. Incluso aquellas imágenes de la tierra desde los aires, la brisa del vuelo y abajo el mundo de los seres normales: eran apenas destellos del inconsciente inmaduro que se resistía a crecer. Y aunque quizás aquella argumentación se hubiera revelado incompatible con el hecho de que los sueños los había tenido desde muy chico, no podía sino dejar de pensar que algo de razón tendrían, considerando su destemplada reacción a las últimas palabras de Vanessa —``Decidí tenerlo''— y lo que implicaban para su supuesta templanza de carácter: ahora, increíblemente, él actuaba igual que su padre.)

Pero las pesadillas eran de siempre. Un hilo continuo que con altibajos le había acompañado desde que tenía uso de razón. La noche misma en que murió su abuela había sufrido el mismo tipo de sueño. Había soñado su cuerpo levantarse, levitar fuera de la gravedad, viajar hasta detenerse encima de una casona vieja, de un camastro, de un cuerpo con un rostro demacrado que le miraba fijamente, antes de abrir la boca en un alarido. A la mañana siguiente, por el teléfono, le contó una de sus primas, que la abuela había gritado su nombre paña al morir (no la versión anglófona, con la que siempre lo llamó: algo como una invocación.)

Por fin, vino el crepúsculo y él salió el último de la oficina. La casa del subdelegado dominaba una cuesta en un extremo del pueblo, la que le llevó unos cinco o seis minutos de caminata cansina. Una casa grande en medio de un extenso e irregular terreno, circundado por una reja de hierro forjado. Una edificación de dos plantas, sin personalidad, que decía: acá estoy. Que, prolija, exhibía los signos de una riqueza hecha a punta de pequeñas coimas y regalos por favores, salario extra tan común y necesario para los funcionarios judiciales. Ocultos entre la penumbra del garage, el fiscal pudo percibir tres autos, aparte de la camioneta oficial de policía (siempre había tenido buena vista en la oscuridad). Al frente de la casa había un jardín amplio y cuidado, con una carreta semiderruida a un costado del sendero de entrada, con toda la intencionalidad descuidada de un adorno kitsch. Más atrás, pudo adivinar lo que parecía una caballeriza. Había escuchado algo de la pasión del subdelegado por los caballos. Revisó varias veces la escena mientras esperaba que le abriesen el portón. Una sirvienta bajó por el sendero y le hizo pasar. El subdelegado lo esperaba en la puerta. Adentro, por un momento, el fiscal creyó entrar a un museo. La profusión de porcelanas alegóricas, bronces, peanas tapizadas con bordados hacía un raro contraste con los aparejos de caballería en las paredes y aquella silla de montar expuesta sobre un taburete en mitad de lo que alguien llamaría la sala. Contra la silla, se apoyaba el sepia retrato matrimonial de una pareja joven. El subdelegado, por lo que sabía el fiscal, tenía bastantes años de viudez. —¿Un whisky, un ron?—preguntó el viejo.

—Una gaseosa está bien —respondió el fiscal.

El subdelegado miró a la sirvienta, que si acaso hizo un ademán de asentimiento. Él se detuvo a contemplar un cuadro en la pared a su izquierda, un cuadro lejano, como un Goya en otras costas. Había en el cuadro un hombre con un sombrero de ala ancha, en medio de lo que parecía algún juego taurino; el hombre jineteaba un caballo que se arqueaba justo en el momento de recibir una cornada del toro que lo embestía. Podía leerse la tensión en los brazos de bronce del sabanero, aferrados a la brida. Pero lo más escalofriante eran quizás los ojos desesperados del caballo, el hocico abierto en un relincho insonoro, aquel gesto espantoso de ver la muerte aproximarse.

—Si me disculpa —dijo el subdelegado, mientras se sentaba—: habrá que esperar un poco para la cena. Tome asiento usted, por favor.

De nuevo, en la boca del esófago, el fiscal tenía esa sensación de un chico presentando examen: buscó el sofá más cercano y se sentó sobre él como si fuese un alivio. El mueble, amplio, se hundió cómodamente con el peso de su cuerpo. Le tomó por ello unos segundos percatarse. Que el viejo le auscultaba.

—Usted debe pensar que estoy quizás ya un poco senil —dijo entonces el subdelegado.

Tenían ahora al frente los vasos, que habían sido pulcramente colocados por la sirvienta sobre la mesa de caoba, al centro de la sala. Y, por unos minutos, la conversación derivó en esa charla inane que inicia las actividades sociales entre dos completos desconocidos, hasta que el camino logra abrirse a lo sincero.

Él soltó alguna frase, sorbió un par de tragos. El viejo dejó intacto el vaso en la mesa. Ambos respondían casi mecánicamente, seguían el baile social. Entonces el subdelegado dijo: —Espero no haberle robado mucho tiempo con los documentos que le pasé.

Su voz era neutra, casi un ronquido.

El fiscal se retrajo en el sillón. ¿Qué podía decirle al anciano sobre un texto tan descabellado sin ofenderlo? Y sin embargo, sentía aún el tintineo de aquellos versos manuscritos en los márgenes, taladrándole la sien con decenas de imágenes horríficas que la cadencia hipnótica de la lengua desconocida parecía conjurar: —En realidad —dijo —, me ha parecido algo confusa la historia.

El viejo se incorporó y dijo: —Me parece que la comida está servida.

El fiscal siguió al subdelegado hacia la habitación contigua: una araña arcaica hacía esplender la mesa de madera, que hubiese podido fácilmente acomodar ocho invitados, pero con sólo dos juegos de platos y cubiertos sobre ella, en cada extremo del mueble. Las paredes estaban decoradas con más motivos típicos de la región: lianas de bejuco, pequeñas jícaras pintadas a mano adheridas a un bastidor, y un machete en su vaina de cuero que colgaba de la pared más amplia.

—Me tomé la libertad de pedir un plato tradicional—dijo el viejo—: es una sopa de gallina en una caldo picante, con maíz reventado.

Ambos tomaron asiento en los dos sitios ya preparados, a los extremos de la mesa. El viejo ocupó una silla de amplios apoyabrazos y forros de terciopelo, con arabescos trazados a gubia en la madera del respaldar. La silla común del fiscal, al contrario, parecía empequeñecerlo en frente de aquel trono conspicuo. La sirvienta entró entonces con dos grandes boles humeantes sobre una bandeja. Colocó uno sobre el plato frente a fiscal. Repitió la operación frente al viejo.

—Adelante—dijo el viejo, y hundió la cuchara en el caldo. La sirvienta volvió y colocó al lado de cada uno un plato con tortillas, envueltas en hojas de maíz.

—Como verá—dijo el viejo—, la comida no ha cambiado aquí mucho desde hace siglos. Si se exceptúa la gallina, claro. Pero los chompipes resultan caros para la crianza y bueno, ahora somos todos mestizos.

El fiscal creyó sentir un dejo de burla en la voz rasposa. O era quizás la tensión en su abdomen. Sorbió una cucharada y, de repente, tuvo en el paladar la salsa picosa de su abuela.

Levantó la mirada: el viejo comía de prisa, casi sin prestar-le atención.

Observó de nuevo el caldo, el vapor que, al hundir la cuchara, volaba en nubes hasta empañar su anteojos. No estaba mal. Entonces el viejo habló: —Si me permite la confianza—dijo—, voy a relatarle una historia que quizás lo ponga en contexto, y así sabrá por qué creo que los documentos que le he prestado son relevantes.

El fiscal carraspeó; estaba atrapado. El viejo sostenía la cuchara vacía a medio camino entre el bol y su boca.

—Claro, adelante—dijo el fiscal, y sorbió otra cucharada del caldo.

—Hace mucho tiempo—empezó el subdelegado—, hubo una seguidilla de asesinatos similares a los que tenemos ahora entre manos. Yo apenas empezaba en mi puesto. Mi padre había muerto hacía unos años, mientras yo estudiaba derecho en la capital, y su sustituto no andaba bien de salud. Cuando regresé, ante la recomendación del presidente municipal, el gobernador había considerado prudente nombrarme como subdelegado en lugar de papá. Al sustituto lo premiaron con una jubilación a los pocos meses de mi nombramiento. Recuerdo lo que me dijo cuando desocupó la delegación: ``No lo envidio''.

El viejo colocó la cuchara en la mesa. Se limpió las manos con una servilleta. Prosiguió: —Yo sé que para ustedes, los de la ciudad, estas cosas suenan a endogamia y trasiego de influencias. Pero conocer la psique de un pueblo no es una cuestión de manual. Eso lo entendemos mejor que nadie los pueblerinos. Y mi primer caso grave fue precisamente similar a este. Cuerpos decapitados, hallados a la vera de los caminos. Las cabezas arrancadas de cuajo, los cadáveres troceados como por una bestia salvaje. Hicimos las averiguaciones típicas. Los arrestos de rigor. Acorralamos a dos o tres sospechosos. Ninguno, por supuesto, confesó antes de soltar el espíritu. No se sorprenda: eran otros tiempos. El problema es que la gente empezaba a hablar, sobre el caso, sobre mí, sobre el desperdicio de tanto estudio para alguien que no tenía ni un gramo de la audacia de los de mi sangre. Así son las historias, los rumores, y así son los arrebatos de juventud cuando se alimentan del temor y la inmadurez.

El viejo miró hacia el techo. Parecía combatir fantasmas en su cabeza: —Todo empeoró cuando mataron al doctor Quesada. Un viejo amigo de mi padre. Lo descuartizaron en vivo, en el corredor frontal de su propia casa, en el campo. Estaba yo por salir a hacer la ronda matutina cuando apareció a caballo uno de los peones de Quesada. Tenía el rostro desencajado. Mi asistente lo hizo tomar un poco de agua, para que pudiera hablar. Pero el tipo únicamente decía incoherencias, así que lo seguimos de inmediato, de vuelta a la hacienda de Quesada, en la antigua camioneta de la subdelegación. Y ahí lo encontramos, al viejo doctor, hecho una masa informe de carne y sangre en el zaguán principal. Lo velaban los otros dos amigos de mi padre: un cura hondureño, que normalmente vivía en una de las misiones de la montaña, y el mecánico del pueblo, al que llamaban el Cartago. Obviamente los arrestamos. Yo ya conocía mucho de la larga historia en que se habían metido. Cuentos. Leyendas. Locuras que, poco a poco, le habían secado el cerebro a mi padre. Pero de los interrogatorios no salió nada. A los días los solté y, de pronto, sin explicación, pararon las muertes. Él único al que reportaron desaparecido fue al antiguo mandadero de Quesada. Nunca apareció. Ni tampoco se repitieron más casos por varios años. Mi asistente se retiró y yo, la verdad, dejé de pensar en el asunto.

El viejo se arrellanó en su silla ostentosa: —Espero no cansarle con tanta historia. Pero solamente he querido dejarle claros mis motivos.

El fiscal asintió. No tenía ganas de contradecir a un demente. Algo le decía que, si callaba, hallaría más pronto la salida de aquella situación.

—Ocurrió entonces lo del talabartero Yglesias —dijo el viejo—. Es decir, empezaron las muertes que terminaría con el asesinato de Yglesias y su esposa. De nuevo el mismo patrón: primero ganado muerto, decapitado. Hasta que apareció la primera persona. Un borracho, uno de los de siempre, ya no recuerdo el nombre del infeliz. Y yo decidí buscar al asistente de mi padre. Sé que se tenían mucha confianza, y sé también que había sido testigo de cosas que mi padre jamás me quiso contar. El tipo se había ido a perder en una aldehuela a varios kilómetros, camino al monte: era una especie de regreso a sus raíces, a lo que quedaba del mundo en que se crió. Vivía con tres mujeres, tan viejas como él. El pelo crecido y cano, el cuerpo flaco como un bastón, así lo vi al pie de su palenque, como si me esperara. Sólo me dirigió una frase, cuando me vio bajarme del jeep: ``el Loco Cartago''. Se volvió a meter al palenque, y yo no tuve palabras para obligarlo a salir de ahí.

—Fue ahí donde cometí mi error —suspiró el anciano—. Yo creí que el antiguo asistente me había apuntado directamente al sospechoso. El Loco Cartago se había vuelto ahora un desgraciado ermitaño, del que mucho se hablaba, con esa malicia angurrienta de los pueblerinos que temen y odian lo peregrino de alguien que rechaza la convivencia. Pero para mí no era hasta entonces sino un chiflado inofensivo. Vivía en su viejo taller mecánico: un taller ya sin clientes. No abría desde la muerte del doctor Quesada. Y su única visita, muy esporádica, era la del cura hondureño, que cada vez menos bajaba al pueblo desde su misión en Santa María. El Loco era entonces prácticamente el único amigo de mi padre que quedaba en el pueblo, el único de aquel trío de lunáticos que lo acompañara en sus últimos años de soledad, luego de la muerte de mi madre, cuando me fui del pueblo a estudiar a la capital, siendo adolescente. Esa misma noche me puse sobre la pista. Registré los movimientos del Loco, medí sus ires y venires. Cuando descubrí qué el cura lo había visitado hacía poco, y que juntos se habían marchado algunos días a la misión, se incrementaron mis sospechas. Pronto supe que el Loco salía todas las noches, a eso de las ocho, cuando se iban apagando las luces de las casas y la calle se volvía oscura. No volvía sino pasada la medianoche. Deambulaba en su viejo jeep por el pueblo, se paraba al frente de alguna casa, a veces por una hora, mirando hacia el cielo pero sin apartarse del lugar. Luego proseguía su camino, nada más (razón de más para tildarlo de loco, él ahí, detenido, sentado en silencio en el auto descubierto, la mirada clavada en el cielo nocturno). Después de seguirlo por tres noches, preferí usar la próxima para esculcar su cuchitril. Muchos de los libros que ve aquí, ahora, estaban ahí, en un arcón viejo en un rincón del tugurio. Eran en realidad libros de mi padre. Tienen sus iniciales en todas las contratapas. Supongo que el Loco los fue sacando de la casa de mi padre antes de su muerte.

Libros llenos de toda la insania de la que es capaz la mente en sus peores pesadillas: vampiros, hombres lobo, brujería, ciencias ocultas. Pero también anatomía, biología, antropología. Y compilaciones de cronistas coloniales y un par de libros de mitología indígena. Todo están cubiertos de anotaciones al margen, párrafos enteros subrrayados, con referencias a otros libros. Era la letra de mi padre, pero también la de muchos otros, quizás del mismo Loco. Por supuesto, en ese momento sólo pude revisarlos por encima, eso y sus cacharros, utensilios de cocina, un fogón de gas, ropa mugrienta, los restos de lo que fueran sus herramientas y también sus armas, las típicas de caza, colgadas en la pared de chapa de zinc: dos escopetas, una carabina 22. Nada que inculpara al Loco. Así que la siguiente noche decidí seguirlo de nuevo. Lo hice por dos noches más. A lo que debo decirle, las muertes habían continuado. ¿Se preguntará, si hice reventar a otros, por qué no al Loco? Pero esto era algo distinto. Lo había estado siguiendo por largo rato, todas las noches, y nunca había estado ni cerca de los dos escenarios donde había ocurrido las decapitaciones: una costurera en una aldea a unos kilómetros, un sabanero temporal que venía del norte. Yo estaba confundido.

El subdelegado parecía no darle importancia a aquella confesión. Quizás, pensó el fiscal, ya me considera uno de los suyos. Uno más bajo su jurisdicción.

—Y así me sorprendió —continuó el viejo—, el día en que estaba ya dispuesto a arrestarlo, más para descansar que para solucionar nada, únicamente por frustración. Lo metería unos días a la jaula por deambular y así yo podría dormir un poco. Entonces recibí la noticia. Eran casi las seis de la tarde, pero el calor achicharraba aún. Un indio apareció en la puerta de la delegación. Se había venido a pie desde la misión de Santa María. Al padre Cubas lo habían encontrado muerto esa misma mañana. El cuerpo descuartizado. Las cosas se salían de control. Algo no cerraba aquí. Sabía que en carro de doble tracción, eran

dos horas al menos hasta la misión. ¿Podría el Loco...? Me encaramé en la patrulla. Le dije a mi asistente que llamara a la delegación de la Guardia Rural en Nicoya para pedir apoyo. En cinco minutos estuve frente a la covacha del Loco. El tipo me recibió parco, seco. Yo lo recordaba bastante de mi infancia, sentado en el zaguán frontal de mi casa paterna, con los pies cruzados y una expresión adusta en el semblante. Un tipo con un aura turbia, que siempre me había producido algo de temor, al igual que los otros dos únicos amigos de mi padre, el doctor Quesada y el cura —el doctor, quizás, fue el más cariñoso, o al menos lo intentó conmigo alguna vez: algún confite, alguna palabra graciosa—. Fue un diálogo de sordos. Ahora no recuerdo mucho ya de aquellas palabras. Lo interrogué sobre el cura. No se inmutó. Yo ya lo tenía decidido: arrestarlo. Entonces dije algo sobre Yglesias, el talabartero del pueblo. Fue uno de esos lapsus inexplicables, quizás el cansancio. Soy aficionado a la monta. Quiero decir. Que lo era. Hace años que este cuerpo no es capaz ya de montar, ni siquiera de jinetear una hembra. Pero de joven, como la mayoría de los jóvenes aquí, monté caballos y novillos. No era tan malo y algunos premios gané en las montas en Nicoya y Santa Cruz. Yglesias me debía unos aparejos que le había encargado meses atrás: bridas, estribos nuevos para mi silla. Usaba aún los de mi padre, que me quedaban cortos y me obligaban a encoger las rodillas contra la montura, con las consiguiente magulladuras. ¿Cómo iba yo a saber? La mujer de Yglesias estaba por parir. Él la había enviado donde su madre, justo cerca de la misión de Santa María. Pero por una complicación, debieron trasladarla de emergencia al hospital de Nicoya. Todo esto lo supe después. La mujer parió por cesárea y se la envió de regreso dos días después donde su madre. Y en la misma mañana en que yo decidí interrogar al Loco, Yglesias la había ido a recoger a la misión. Las cosas se habían encadenado frente a mis ojos ciegos.

El anciano mira hacia el techo. El fiscal tuvo un presentimiento, de que ya nunca podría salir de ese lugar, que aquellas palabras lo iban envolviendo como una telaraña.

—Luego vino la oscuridad. No sentí el golpe. Jamás hubiera creído que el Loco aún guardara agilidad. Cuando abrí los ojos, estaba solo, tirado en el piso de la covachailuminada, con la puerta de par en par. Logré levantarme y avanzar hacia la puerta. Ahí descubrí que me faltaba mi revólver oficial. La luna ahora iluminaba totalmente la carretera, pero el tipo no se veía, ni su jeep. Subí a mi camioneta y saqué el revólver extra que siempre llevaba bajo mi asiento. De la ignición sólo hubo un clic. Miré bajo el capó: el maldito me había cortado los cables de la batería. Pero yo sabía hacia dónde se dirigía el maleante, así que eché a correr por entre los potreros, cortando camino hacia el pueblo. Lo alcancé donde lo imaginaba, en la antigua calle del trapiche, pero pasó demasiado rápido y viró sin darme tiempo a usar la pistola. Pero la casa del talabartero estaba al doblar el recodo, entre un bosquecillo de árboles de mango, casi oculta del camino. Así que me metí al bosquecillo, para aprehenderlo de frente. Crucé entre los árboles, tratando de no hacer ruido al correr. De la casa de Yglesias no llegaban ruidos ni lloros de bebé; estaba quieta. Sólo los grillos, las chicharras, alguna rana, ruido escaso pero suficiente para tapar mis pasos. Alcancé la parte trasera de la casa y a tientas empecé a rodearla. Me dije: es ahora. Y cuando di el primer paso, una bandada de aves cruzó el cielo. Fue como una nube: taparon la luna y el silencio. Los graznidos eran terribles. Entonces sentí a alguien correr. Alguien salía de la casa por el frente, alguien que respondía a los graznidos. Corrí también. A tientas, entre los árboles. Entonces, en la oscuridad, escuché chillidos, luego un disparo. Al llegar al portal de la casa, había un charco de sangre y el talabartero Yglesias ahí, encogido, muerto, con las manos agarfiadas sobre el estómago, con la boca aún barbotando sangre. No pensé. Es decir. Fue el instinto. Me abalancé contra la casa sin cuestionarme, que ninguna de las víctimas anteriores había muerto de un balazo. No importaba. Lo había pillado. El Loco Cartago era el asesino. Maldita mi cautela. Entré con la mano en el revólver, a través del pasillo en tinieblas. Ahora todo lo envolvían los graznidos: los zanates habían penetrado la casa y como murciélagos alborotados que hubiesen perdido su sentido de orientación, chocaban contra las paredes y derribaban todo a su paso. Me fue difícil avanzar entre la barrera de aves y el torrente de graznidos, pero escuchaba claramente algo así como una pelea al fondo de la casa. No sé cuanto tardé entre mi entrada y llegar a la habitación principal. Fueron quizás segundos. Pero el pavor me hacía temblar y aquello era para mí una eternidad. No estaba seguro siquiera de sostener el pulso firme para apuntar en caso necesario. Entonces alcancé la puerta de la habitación: justo al pie, yacía la mujer de Yglesias, muerta también sobre un charco de su propia sangre. Y a unos metros, ya dentro de la habitación, estaba el Loco, tumbado boca abajo. Lo creí muerto al principio, era difícil colegirlo entre la penumbra: los zanates se abalanzaban en salvajes picotazos sobre lo que yo creí era su cadáver. Por eso no pude notar que se movía. Que aquel cuerpo hecho jirones de carne sanguinolenta, se arrastraba dolorosamente hacia la cuna donde yacía el bebé. Cuna a la que cubría como con un manto protector de chillidos y azotar de alas la nube de aves furiosas. Sólo cuando lo vi incorporarse al Loco, de repente, en lo que debió ser un esfuerzo sobrehumano, pude salir de mi estado de estupefacción: el brazo derecho le colgaba inerte, casi ya desprendido del hombro, y el infeliz se había aferrado con la mano izquierda a la baranda de la cuna para, sin soltar la pistola que llevaba en ella, izarse a sí mismo de un envión. Entonces lo supe: ¡Pretendía matar al bebé! Y yo no tuve otra opción, o al menos eso creí en ese instante: apunté por entre el fárrago de aves y disparé. A la espalda del Loco. Lo fulminé. A quien no debía...

El fiscal miró incómodo al viejo. Lo había decidido ya antes incluso del fin de aquella perorata insana: el tipo estaba demente. Si hubiese podido, habría salido corriendo de ahí, pero su cuerpo ahora era un sopor extraño y empezaba a tener alguna dificultad para descifrar el monólogo incordioso de su anfitrión.

—No lo entiendo —acertó no obstante a decir—. ¿Cómo que a quien no debía?

—Pero dígame —dijo entonces el viejo, como se si recupera de un trance—: ¿no cree usted que la naturaleza nos guarda aún muchos secretos?

El fiscal se pasó el dorso de la mano por sus labios resecos; empezaba a molestarle el insistente cosquilleo en la boca de su esófago: —Creo, simplemente, que hay gente que ha perdido toda conexión con la realidad y la razón —dijo\,
—. Y que hizo bien en matar a ese sociópata antes de que cometiera más crímenes, si es correcto que un funcionario judicial diga algo parecido.

El viejo lo miraba ahora de hito en hito. Quizás se había excedido, meditó el fiscal. Este hombre le había contado una historia descabellada, con la que quedaría mal parado ante cualquier juzgado decente, y él había contestado con semejante altanería. Pero estaba cansado. Y algo le insistía, muy adentro, en que tenía que largarse de ahí, pronto.

El viejo se incorporó de la mesa, con la lentitud de siempre.
—Venga\,—le dijo—: tomemos un aperitivo en mi oficina personal.

Adentro suyo, el fiscal buscaba la excusa correcta para retirarse.

—Uno, nada más —dijo—. Estoy cansado.

Si algo quería el fiscal ahora, era estar en su habitación, tendido bajo el aire acondicionado, masturbándose quizás, pensando en Vanessa, no bebiendo con un anciano ya medio chocho.

—No tomará un minuto —contestó el subdelegado—. El licor lo guardo allí, en un gabinete.

El fiscal se levantó y siguió por el pasillo al viejo. Había silencio en la casa. La sirvienta debía estar ya dormida, intuyó, lejos en sus sueños.

—Perdone que le siga molestando —dijo el subdelegado—. Me abuso de mi condición de viejo. Pero no nos llevará más que un par de minutos y luego ambos podremos descansar.

El fiscal, atado con la cuerda de seda de aquella voz, lo supo entonces. Casi que leyó el pensamiento del anciano canalla antes que sus palabras escaparan de su boca pastosa:

—Usted no conoció a su padre, me contaron por ahí.

Adentro, el fiscal sintió la furia punzarle el orgullo: era inexcusable la osadía de aquel prehistórico espécimen. Contuvo sus palabras y sus manos; por un instante, su cuerpo se había tensado como el de una fiera a punto de atacar.

—En cierta manera, yo tampoco conocí el mío —\,continuó el subdelegado. Dijo: —No sé, si es posible, en todo caso, conocer a alguien, penetrar la maraña de sensaciones, conciencias, impulsos, que definen eso que creemos un yo único e individual.

Para entonces, ambos habían alcanzado una especie de bodega, un cuarto estrecho con muchos libreros. Era, en cierto modo, una habitación desligada del resto de la casa.

Al fondo, un escritorio, dos sillones, una silla, un gabinete. Sobre el escritorio, papeles, algunos libros apilados, un par de anteojos. Y colgada en la pared, detrás del escritorio, como si fuera un crucifijo, una figura de oro, especie de águila pequeña, de no más de unos cinco centímetros, con una de sus alas mutilada en la punta. El fiscal las conocía, de los museos precolombinos de la capital. Sabía que su posesión era ilegal desde hacía décadas. Alguna otra historia de corrupción del señor subdelegado.

El subdelegado acercó la silla al fiscal y tomó para sí el sillón más cercano, justo entre el gabinete y el escritorio. —Si me lo permite —dijo al sentarse—, no puedo ya sostenerme mucho rato en pie—. Y empezó a preparar las bebidas: del gabinete, sacó aparatosamente dos copitas y una botella labrada. —Es un licor tradicional —dijo— de estas tierras. De fruta de nance. Antiguo recuerdo de mis ancestros.

Sirvió el líquido caoba en las copitas. Con un esfuerzo, acercó una al fiscal, que tuvo que levantarse un poco para poderla alcanzar. Éste sorbió el licor y paseó la vista por la habitación. Aquel cuartucho era un mausoleo oscuro, muy distinto del resto de la casa y su decoración entre ganadera y kitsch. Libreros cargados de libros y baratijas indígenas: figurines de barro que blandían lanzas o llevaban máscaras, vasijas rojas con grabados complejos, amuletos de madera y carey, imágenes precolombinas de diosas de la fertilidad rodeadas de falos descomunales hechos en jade. En la pared de la derecha había un extraño cuadro que parecía del medievo europeo —una procesión de ancianos, con un ataúd a cuestas, del que sobresalía un esqueleto incorporado a medias, como si tratara de escaparse del féretro al que estaba encadenado—; en la otra, colgaban dos largos pergaminos al parecer de cuero de venado, mustios y desteñidos, con trazos ilegibles y figuras humanas cobrizas que representaban escenas de aldea al parecer: una partida de caza con gente alrededor de un fogón o postrada ante lo que parecía ser un rey, cubierto de plumas, que se adelantaba blandiendo una especie de cetro en forma de garra de águila. Le llevó apenas unos segundos comprender al fiscal que aquella disgregación de baratijas sin concierto aparente en realidad se reunían en un arco de pleitesía alrededor del punto central que ocupaba la pequeña águila dorada, como si la figura comandara aquel disgregado batiburrillo. Por un instante, el fiscal sintió la misma sensación de asombro que había tenido al violar el secreto del cuarto ceremonial de su abuela bruja, hacía tantos años. Pero esta habitación era diferente: exhalaba maldad. No aquel misterioso aroma a oculto y sagrado que emanaba del de su abuela, sino el maloliente tufo a secretos que es mejor no revelar.

El viejo acercó una de sus manos al escritorio. Acarició la tapa gruesa de un libro gordo que yacía sobre el mismo y, de pronto, con una agilidad que asombró un poco al fiscal, levantó el tomo y se lo colocó sobre el regazo:

—Esta habitación—dijo el subdelegado—, es lo que resta de la antigua casa de mis padres. ¿Sabe? Mi padre también vino de lejos, de lo que aquí llaman la Meseta Central, detrás de la cordillera volcánica. Huyó, por así decirlo, como usted. Había sido inspector, detective, por varios años, en la capital. Se buscó una vida diferente, una esposa, un trabajo sin tormentos. Al menos eso creí por mucho tiempo. Quizás, en realidad, en su subconsciente, sabía que más bien viajaba hacia la raíz. Pero hablo por hablar. Conjeturas de alguien que pasa demasiado tiempo sin dormir. En realidad, mi padre era un hombre taciturno. Cenaba con nosotros, mi madre y yo, envuelto en un silencio denso y opaco. Usted me mira ahora con reproche, quizás. Lo entiendo. Es comprensible; venir de afuera, ser un desterrado prácticamente de la ciudad capital, y sorprenderse por la manera en que un simple delegado policial maneja los hilos de un pueblo. Yo llevo aquí muchos años, toda mi vida y, quizás sí, el poder se me ha enquistado en la razón. Pero no quiero que sienta que me justifico. Es la forma en que hacemos las cosas aquí. Su padre se lo hubiera explicado, quizás con mejores palabras. O quizás no. Yo encuentro difícil la comunicación entre padre e hijo. Asunto de testosterona. ¿Sabe? Leí hace poco, que los varones portamos 1500 genes idénticos a los de nuestra madre. Vienen del cromosoma X. Mientras que el Y nos aporta algunas decenas, nada más. Las hembras, en cambio, tienen un doble juego para definir sus afinidades entre la madre o el padre. Leyendo eso comprendí mucho. Con mi madre siempre hubo un fluir, algo como un río... no, mejor, como una corriente de aire. Era como si ella cogiera mis pensamientos al vuelo. Pero con papá... Siempre hubo como una pared. Yo lo veía desde el suelo de la delegación —que era nuestra casa también— donde me ponía a veces mi madre a jugar. Son mis primeras memorias. Yo, en el suelo, levantaba la mirada desde mis juguetes y lo veía encorvado sobre el escritorio, leyendo algún informe, redactando un reporte por arresto. A veces me respondía con un gruñido. Era su gesto de cariño. Veo que me entiende. Es la primera vez que lo siento asentir. Sí. Sé que a su padre usted no lo conoció. No es algo de lo que uno deba avergonzarse. No. Disculpe. No sonó muy bien lo que dije. Me refiero a que, a veces, tener un padre tampoco es una bendición. Pero de nuevo, me traicionan mis palabras. Mi padre fue alguien importante para mí. Incluso con sus silencios, detrás del muro. Quizás es lo que nos toca a los varones, aprender a vivir en ese aislamiento autoimpuesto por la biología de nuestro sexo. Y el padre es quien nos transmite, mal que bien, y quizás por la razón misma de nuestra separación, esa sabiduría, la de saber que somos seres solitarios y que la vida es un enfrentamiento continuo, sin tregua. ¡Pero qué detalle, se me olvida!: ¿le sirvo un poco más? Desde que murió Mayra, mi esposa, es como si hubiera perdido el ancla con mi raza, con mi gente. Es difícil recordar la amabilidad cuando se ha pasado una vida encarcelando personas, tratando de llevar orden a un rebaño que, si pudiera, se devoraría entre sí a trallazos. Las cosas que he visto. Claro, quizás para usted es asunto de burla. Viene de la ciudad capital. Yo sé que allá pasan cosas terribles que hacen que nuestros asuntos criminales sean apenas incidentes. Pero me explico. Los hombres son los mismos, en la ciudad o en el campo. La maldad es algo que viene con la especie. Yo digo incluso que de muy adentro. La portamos todos; una mancha.

El fiscal había aceptado el segundo trago. Ahora, el sopor lo sostenía en el asiento. Muy adentro, lo sabía: aquello era un duelo contra el viejo.

—Es bueno tener compañía—prosiguió el subdelegado—. Conocerse por fin, fuera de la formalidad oficial. Sé que quizás usted me reproche, el que haya pedido su traslado hasta este lugar. Supongo incluso que le sorprendiera, que su superior haya accedido, a enviarlo acá y arruinar su carrera. Pero bueno, ya usted lo sabe. El licenciado Barrantes y yo fuimos compañeros de generación en la universidad. Largos años en la facultad de derecho. Veo que le sorprende. Nos graduamos el mismo año. Sí. Algo de educación hay bajo esta máscara mestiza de campesino. Pero comprenda, es como si yo le juzgara a usted por el tono chocolate de su tez. Porque yo sé quien era su madre. Y sé que usted se crió allá por la zona de las marismas y que su lengua materna no fue castellana. Pero no era eso de lo que quería hablar.

El anciano se acomodó en el sillón, respiró. Un largo quejido, acezante, el libro quieto aún sobre sus muslos:

—Usted me pregunta con la mirada: ¿cuál era mi derecho? Y es comprensible. Pero existen tareas que uno, como servidor, no puede dejar sin acabar. Me quedan pocos años. Usted lo sabe, lo intuye en el flujo lento de mis palabras. Y yo tengo cosas pendientes, errores que he cometido. Y aunque no sea de creer en cielos o paraísos, siento en el fondo del resuello algo que si quiere llámelo conciencia. Por todo lo que hice o dejé de hacer. Y no se trata de arrepentimiento, le aclaro. No estoy para esas cosas. Hay muchos a los que les metí una bala bien metida. Se lo merecían y no hay excusa. Eran gentes que en un tribunal no tenían lugar. No crea que me importan esas muertes mías, que las cargo con mi responsabilidad. Ni aquellos pecadillos que uno como hombre con poder comete. Ya bastante perdón le pedí a mi mujer por mis deslices, en sus últimos días de vida, y es la única con la que yo me arrepiento de haber sido un hombre malo. Pero siempre sentí que uno tiene una cierta responsabilidad, un llamado, de la sociedad, de su pueblo, de su raza. Dígale como quiera. Sé que los romanos algo así creían. Como Marco Aurelio.

El fiscal prefirió callar. Sabía, por experiencia, cuando el silencio era el mejor aliciente para la confesión. El viejo prosiguió:

—Estos libros que usted ve ahí no son de adorno ni vanidad mía. Han sido compañeros a lo largo de muchas jornadas de autoexaminación. Porque tengo conciencia y sí, hay al menos una muerte que me ha pesado por mucho tiempo, una muerte que hasta hoy mismo no he podido expiar. Sé que en realidad, debería decir dos. Pero la del Loco Cartago fue por error, ignorancia. Y uno no debería arrepentirse de lo incorrecto si, al momento de cometer la equivocación, no se tuvo a mano la información necesaria para hacer lo contrario. Pero hubo otra muerte a la que me movió solamente la razón, y de la que nunca estuve seguro de saber justificada hasta esta noche, en que por fin puedo atar el cabo suelto.

Hubo un silencio. Quizás dos o tres segundos. El fiscal levantó la mirada hacia el águila dorada otra vez. Algo no cerraba con su presencia ahí: sabía que esas águilas eran tradicionales entre los indígenas del sur, famosos por su habilidad para trabajar el oro. Pero no era muy comunes en estas regiones. Recordaba además la mención de un amuleto similar en el texto que le pasara el viejo. Pero su cerebro quizás se confundía; al adormecimiento de hacía unos minutos se transformaba paulatinamente en un mareo enervante. Entonces el cuerpo grande, extenuado, se incorporó a medias. Le había leído el pensamiento otra vez:

—Mira usted ese pendiente. Supongo que ya sabe por el texto que le presté que era un adorno reservado para la realeza entre los bribri y los cabécar. El Loco Cartago lo llevaba colgado al cuello cuando lo maté. El trocito de ala que falta se lo debe haber llevado la bala que le atravesó el corazón desde la espalda. Fue un tiro limpio. Nunca encontramos el plomo ni el oro.

En ese mismo momento, el viejo se levantó levemente, lo suficiente apenas para pasarle el volumen en su regazo.

—Este libro fue uno de los recuperé del viejo demente —dijo el subdelegado mientras le pasaba el tomo.

El fiscal extendió la mano. El libro le pareció extrañamente pesado y sintió su mano temblar al asir el forro de cuero. Lo colocó en su regazo y lo abrió. Quizás por urbanidad, quizás porque así lograría salir rápidamente de esta visita que se prolongaba ya demasiado. En algún lugar lo había oído decir, que es mejor seguirle la corriente a los chiflados. Pero tuvo que admitirse, que el libro tenía un cierto encanto. Las páginas de papel seda, aunque ya gastadas, se deslizaban suavemente por sus dedos. El tipo era claro y las ilustraciones venían impresas sobre un papel más blanco y brillante que no había perdido todavía mucha de su luz. Era una especie de compendio sobre mitología oscura, sobre esa región turbia y oculta que desarrollan todas las culturas como un antídoto explicativo de sus temores básicos. Había referencias al Shaitan musulmán pero también a los traviesos orishas de la costa del marfil (esos a los que recordaba a su abuela convocar con tacitas de barro y trocitos de fruta como ofrenda bajo el árbol de pan de su patio). Había imágenes de los tentadores demonios del panteísmo tibetano y budista —con su perpetuo intento por desviar a los bodisatva en su busca del Nirvana y llevarlos de vuelta a los senderos carnales de las hijas de Maya—, de los juguetones Tengu del culto Shinto, pero también de los hombres lobo europeos, de los horribles elfos negros escandinavos y un pictograma completo del terrible inframundo quechua del Uku Pacha. Pero lo que más destacaba eran las densas anotaciones al margen de casi todas las páginas, en cursiva de distintas manos, que se multiplicaban especialmente en la sección dedicada al mito náhuatl del lugar de los muertos, el Mictlán y la temible señora que gobierna el consejo decisorio: Mictlaxochitl, tlatoani de Calpulli Mictlantecuhtli, e hija de los dioses de la muerte. El fiscal leyó algunos párrafos, quizás para hacer tiempo, para pensar. Ahí estaba la descripción jerárquica de aquel maniqueo universo azteca. Y se relataba la leyenda de Xolótl, el príncipe que cruza al submundo de las tinieblas y del que volverá para reclamar su señorío en el mundo de arriba, en forma de ave con cabeza de perro. Leyó sobre los guerreros pájaro, la cohorte de Xólotl que antecede su llegada, y de las mujeres muertas en parto que alcanzan el honor de cihuateteo, por haber parido a un nuevo guerrero al servicio futuro del príncipe can. Ahí pudo leer también las mismas rimas que había manuscritas en los márgenes del relato que le pasara el subdelegado, los versos que, de pronto, sintió conocer ya de memoria, y que no pudo entonces evitar murmurar con sus labios temblorosos.

No supo cuánto duró el trance. Sólo que, de pronto y de un impulso, cerró el libro y levantó la mirada, que fue a cruzarse con la del viejo subdelegado, que ahora lo atalayaba como desde muy lejos. El policía entonces volvió a hablar.

—Le aseguro, señor fiscal, que cuando aquella terrible noche me asomé sobre la cuna, los ojos de aquel bebé brillaban un extraño fulgor, yo diría incluso que se reían con maldad. Y las aves, ahora, se habían posado todas sobre el suelo, quietas. Como en una ceremonia. Aquella escena de sangre y caos, plumas desperdigadas, el extraño reposo de un bebé que no duerme ni llora en medio de semejante tragedia, le aseguro que nada de eso lo pude olvidar jamás. Lo levanté de la cuna al bebé, lo envolví en una cobija y salí de aquella carnicería sin que ninguno de los pájaros se moviera ni un centímetro. Yo diría que me vigilaban con respeto. Para entonces la casa estaba rodeada de vecinos. Le pasé el bebé a una de las mironas que cuchicheaban afuera, con órdenes de cuidarlo mientras arreglábamos su situación. Expliqué a la gente que el lugar estaba clausurado, que era una escena de crimen. Volví a entrar a la casa. Tomé el teléfono. Logré contactar a la delegación en Nicoya. En media hora estarían ahí. Entré de nuevo a la habitación y registré al Loco para cerciorarme de que el revólver que llevaba no era el mismo que me había sacado. Sobre su pecho estaba el águila que usted ve ahí colgada. Se la arranqué sin pensarlo mucho y me la guardé en el bolsillo. Salí de aquel infierno y monté guardia frente a la casa, para evitar algún saqueo.

—Lo demás fue rápido, aunque no lo crea —prosiguió el viejo—. En una región acostumbrada aún a los reyertas familiares y los desquites por deudas antiguas, aquello pareció simplemente otro acto más de locura. Cuando llegó la patrulla desde Nicoya, ya las aves habían partido. Salieron casi en fila, como si hubiesen recibido una orden, y se perdieron en la noche. Los de Nicoya levantaron los cuerpos, se hicieron las pericias, pero los detectives no hicieron muchas averiguaciones. Rápidamente se le dio el carpetazo al expediente como si se tratara de un caso típico de violencia pasional: no era la primera ocasión en que un amante desesperado acribillaba a su rival y, de paso, a la mujer causante de su despecho. Y la gente hablaba también de aquel famoso caso de antaño del doctor Quesada y el del finquero Clachar, tampoco resuelto, en el que había intervenido mi padre incluso. Y pronto las leyendas se fueron cerniendo sobre las habladurías y los chismes y el manto de los decires tapó lo poco que podía haber restado de verdad. Al niño, le perdí el rastro. Es decir, que vinieron los del Patronato infantil, se lo llevaron. No sé si hubo reclamo familiar. Yo en todo caso pronto tuve otras responsabilidades encima. Desalojar la casa del Loco, recuperar las cosas que fueron de mi padre. Saqué el baúl de la covacha y ahí dentro tiré el águila que le había arrancado al asesino. Sólo con los años y mi vejez volví un día a abrir aquel baúl. La soledad, una vez muerta mi mujer, me llevó a rastrear el hilo de mi historia. Y así llegué a leer ese relato que le pasé, que es obra de mi padre y que no es ficción, sino el recuerdo de lo que lo hizo venir a estos lares. Así empecé a conocer el vínculo que unía a aquel pequeño comité al que perteneciera el Loco, a adentrarme en la doctrina que los hizo hacer lo que hicieron y que llevaron al Loco a cometer sus actos aquella noche larga. Así también supe que esa águila, en la pared, se la había dado mi padre al Loco, y que mi padre la había a su vez obtenido en forma muy parecida a cómo yo lo había hecho. No le pido que me crea. Hasta ayer a mí mismo me escocía la duda de si mi decisión hace tanto tiempo fue la correcta. Buscar aquel bebé, ya hecho un hombre, para remediar mi error, matar quizás a un inocente únicamente por las maquinaciones de un grupúsculo cerrado de misántropos que se creían historias antiguas de hombres pájaro, de hombres cabeza de perro de ultratumba. Pero hoy yo he presenciado la prueba y puedo descargar entonces mi culpa. Es cierto, que no estuve presente cuando Xólotl actuó, pero está la prueba circunstancial del cadáver de hoy temprano, y esta noche, pese a mi vejez, espero ver la confirmación ante mí mismo. Por eso está usted aquí. Porque después de ver en la mañana el rastro de sangre en su cuarto, y tener luego ante mí lo que restaba del cadáver del pobre Pérez, me doy cuenta de que al final el Loco estaba en lo cierto, y que el perjuicio que cometí al no dejar morir a aquel bebé, quedó saldado parcialmente al matarlo hecho ya un hombre.

El fiscal escuchaba, pero apenas sentía ya su sangre bullir. La espantosa confesión de aquel vejestorio, orate y descarado, le había insuflado al principio un ardor que, no obstante, no alcanzó para sacarlo de su inmovilidad, del extraño mutismo en que se había sumido su conciencia. Las palabras del viejo eran ahora retazos sin hilo, trozos de un conjunto inconexo con los que el subdelegado proseguía el relato de su matráfula. De como había conseguido los cadáveres de dos o tres pobres diablos y el de una prostituta tuberculosa, con el sigilo de un viejo amigo en la morgue de Nicoya. Como los había convertido en carnada, descuartizando sus cuerpos y dejándolos abandonados a la vera de caminos donde sabía que serían hallados. De como indujo el temor y las dudas en sus subalternos, alteró las pericias, preparó él mismo el legajo de investigación y manipuló a su antiguo camarada en la Fiscalía capitalina para lograr el traslado del joven fiscal. De como lo había atraído a su casa para envenenarlo, para cumplir su misión y, de paso, transitar él mismo hacia su final terreno.

—Usted—dijo el anciano—, me debe creer un chiflado. Quizás, si pudiera, hace rato hubiese tratado de levantarse de su silla, acabar con esta locura... Sí, lo siento. Estaba en la comida. Es un viejo truco de mi madre, de los ancestros. Usted me entiende. Sé que su abuela era también algo bruja. Con otros ritos, del otro lado del mar. Y sí. El veneno lo tomé yo también. Pero no importa. Soy viejo y de todos modos no puedo luchar. No hará falta.

El subdelegado ahora le sostenía la mirada, como si esperara que sus palabras lo hicieran reaccionar. Pero aquel discurso, aquel zumbido con su revolotear confuso apenas sobresalía por entre las miles de reflexiones que azotaban la cabeza del fiscal. Con los ojos nebulosos, el joven trató entonces primero de enfocar a su rival y luego, más atrás, a la puerta lejana, que parecía inalcanzable, aún más que su teléfono celular en el bolsillo. Era la hora de la verdad, no había escape. Todo se reducía de repente a aquel extraño y delicioso sabor amargo en el caldo, al tenue puñal del veneno que se le hundía en el esófago. Su pulso era ahora un tremor incontrolable. Hizo entonces un intento de levantarse. Un esfuerzo inútil.

—La sirvienta ya se marchó —dijo el delegado. Ahora, su voz era lejana, casi ausente: —Mañana, esto será una noticia extraña. No importa. No vamos a estar para conocerla.

Un hilo de sudor le corría ahora al fiscal por el borde del mentón. Un arroyo que brotaba de su cráneo rapado. Fríos los nudillos.

—La luna ya debe haber salido —dijo el anciano—. Tengo suerte. La que no tuvo Pérez ayer. Un último sacrificio, triste pero necesario. El expediente que conoció usted en la mañana. Fue lo que lo decidió. Ya no necesito más pruebas. Sé que he encontrado al hijo, el rastro final del bebé que dejé escapar aquella noche, cuando erradamente maté a quién quería salvarnos. En fin. Fui lento, ni modo. No esperaba que usted atacara tan pronto, pero también esa muerte sirvió para asegurarme realmente de que estaba ante el monstruo último, pero ahora esto será un alivio para los dos, usted y yo, sin un rastro ya posible. Mi vida se ha prolongado más de lo debido. Ya no puedo ser cazador. Mi labor debe terminar, pero al menos sé que habré cumplido con mi última obligación. Eliminar al postrer engendro de esta especie que creí aniquilar cuando maté a su padre. Pero el destino me concedió otra oportunidad cuando el licenciado Barrantes nos presentó. Ahora no la voy a desaprovechar: a su padre, señor, lo maté yo. Lo rastreé hasta la capital y lo despaché. No podía yo saber lo de la relación con su madre. Miopía, falta de astucia.

Pero es que a veces los secretos tardan en revelarse. Únicamente leyendo su expediente, después de conocernos, pude atar los cabos y darme cuenta de mi descuido.

En la voz del subdelegado había un tono de reproche, como si reclamara aquel largo vericueto que había debido tomar para encontrar el hilo roto. Pero el fiscal ya no podía colegir sutilezas. Su corazón temblaba al galope, pero él estaba seguro: no era el veneno. En su cabeza retumbaban los versos maléficos, la invocación del poder del Mictlán: una lucha de millones de años que le bullía en el pecho. Sus células se agitaron y un grito casi primario le brotó del fondo del estómago: un llamado por venganza. En el borde de la transmutación, se volvió luego imposible saber cuáles fueron sus últimos pensamientos de humano. Quizás escuchó el fiscal las palabras postreras de su asesino justiciero. Quizás, incluso, pensara en aquel otro ser que ahora mismo se disgregaba en un vientre lejano, célula por célula (micrómetros de carne viva en el útero seguro), al igual que sus mismas células se recombinaban con la secuencia ancestral, en un último intento por escapar de su suerte. O tal vez fue sólo la sensación de que su cuerpo le traicionaba ahí. Difícil saber lo que piensa Xólotl en su furia. La bestia erguida, de un zarpazo. El tronco inmóvil del viejo decapitado, quieto sobre el sofá, el cuerpo anquilosado bañado en su débil sangre, la cabeza inútil ya con un gesto de satisfacción falsa en los labios, de quien cree haber cumplido su trabajo a conciencia, mientras la bestia se inclina sobre su abdomen, el veneno que ahora, sí, certero como un fierro en su estómago, se clava y rezuma muerte y vida, la exhalación de Xólotl que pervive.

Señores del Mictlán

(Facsímil del documento entregado por el subdelegado al joven fiscal)[1]

Para Jessica Clark Cohen

El hombre estaba inmóvil. Corría una brisa y el aire húmedo era como un océano que le golpeaba la figura y lo hacía apenas pestañear. Dígame, dijo, usted irá a sopesar si mis palabras son ciertas.

Sostenía un pipa en la mano izquierda, con la diestra rascaba la cabeza de un perro, un perro que casi ronroneaba, la lengua afuera a pesar del aire fresco que entumecía los miembros. Yo, sin embargo, no pretendía mostrarle piedad:

---

[1] Una versión inicial de este relato fue publicada en la revista *El Caimán Barbudo,* La Habana

le miraba fijo, ahí, sobre una silla que era como un altar, mi pistola sobre el regazo. Era como una confesión.

El sol ya no estaba tan alto; un silbido de jaúles y juncos aporreados por el viento azurumbaba la habitación y con la luz restante era casi imposible discernir; el viejo había encendido una lamparilla antes de postrarse en la silla, acomodándose entre las piernas las dos cadenas que le ataban de pies. A mí me quedaba aún medio vaso de ron en la mano y el viejo parecía iba a decir algo: Usted debe entender, aquí en mi solitario devenir, yo no hay argumento que no domine, me arrepiento de no haberme arrepentido antes, no más. El padre Guzmán murió y eso ya no cambia: hice aquello porque no quedaba otra salida.

Al manifestar lo anterior ya no me observaba, podía yo sentirle las pupilas años atrás. Pero si había algo prendido en mi imaginación era el cuerpo del sacerdote hecho jirones, un cristiano rebanado y carmesí sobre una cama también destrozada y afuera los gritos de las monjas que administran el asilo. Un cuerpo que había sido entero si bien anciano y en lo que fuera su mano un bodoque de papel, con dieciocho nombres de dieciocho desconocidos. Y como décimonoveno entre los nombres, el del viejo, al final. La monja portera había afirmado cuando le pregunté: Ese llegó ayer mismo. No recuerdo su salida; sí su nombre y la figura.

En el registro de la Fiscalía de homicidios se hizo la averiguación: dieciocho muertos sin conexión aparente eran los de la lista, en diferentes épocas, a lo largo de casi dos décadas, hombres y mujeres. Los más disparejos: una niña de trece, un anciano de ochenta y dos, sabaneros y un médico, una maestra de danza, una madre embarazada de profesión costurera. Dieciocho personas asesinadas al anochecer, de un tiro en el corazón. ¿Un asesino serie? ¿Un loco criminal? La distancia temporal entre los casos, además repartidos por toda la geografía del país, no había jamás despertado la sospecha de una relación, no hasta este día, en una lista, entre los dieciocho. Y sin embargo el cura: ¡la suya había sido despedida atroz! No un simple balazo en el pecho. Su cuerpo, lo que restó para el crematorio, era irreconocible en su mayor extensión.

Al sospechoso se le ubicó no lejos de la capital, en una finca abandonada en medio de los montes espigados que otean hacia la ciudad, una casucha restante de lo que fuera una lechería, entre galpones derruidos y filas de tarros metálicos cubiertos de orín. Hicimos el viaje en patrulla esa misma tarde. La edificación de madera podrida era como un espectro inverosímil: al subir los escalones de su portal llegué a sentirme caminando sobre el aire, entre la niebla y la llovizna. Pero la puertucha había resistido mis capirotazos y un ladrido de perro confirmó mi presencia. Mi asistente permaneció atrás, la pistola amartillada. Al entrar había sido un olor a moho y viejo, y una voz que solamente repiqueteó: Lo esperaba.

Ahora el tipo sopesaba su respiración, una o dos pausas, y luego contaba: no había pedido de clemencia en su tono. Ni siquiera había rastros de tratar de ocultar algo. Vestía aún sus ropas de trabajo ensangrentadas, un pantalón oscuro, una camisa mohosa con un parche bermejo en el pecho, y sobre la que colgaba una especie de águila dorada, de no más de seis o siete centímetros de ala a ala. Y aquellos pies desnudos atrapados en sendos grilletes. Sin embargo, yo quise esculcar aquella situación, evaluar la insania del personaje: Yo lo manejo, dije a mi asistente mientras me apuntaba la sien con el índice: pero no te alejés mucho.

Oráculo dispuesto, el viejo parecía incluso ansioso por relatar su miedo. Agradeció la despedida de mi asistente con un leve movimiento de su cabeza. Pero no le temblaba la voz: Yo no podía sospecharlo cuando esto empezó, dijo: sólo el padre Guzmán tal vez lo entrevió en alguna ocasión, supo que la culminación de algo tan horrible solamente podía terminar así. Pero ambos éramos culpables también: mi crimen está en no haberme colgado hace años, en no tener valor para volarme la cresta y acabar rápido.

Se había levantado entonces, un cuerpo torcido, con la consistencia de un árbol nudoso de sabana caliente y reseca que hubiese sido mal plantado en estas montañas friolentas y fracturadas. Había caminado a pasitos, el tranco permitido por los grilletes, alzado su mano filosa hacia un anaquel. Dejó la pipa sobre la mesa, y sirvió un vaso lleno de aquella botella de ron oscuro. Lo puso a medio camino de nuestra separación y regresó a su silla, al lado del perro fiel. Yo tomé el vaso y di un trago antes de regresar igualmente a mi posición, la mano siempre con la pistola lista.

Mi inocencia es asunto que no busco, empezó el viejo. Las fuentes de un crimen no importan si se ya ha cometido: el buscar culpables es asunto de curiosidad intelectual. Lo cierto es que ningún daño es reparable con más muertes. Y sin embargo, hay que admitir que la venganza es al menos un bálsamo que me alivia la conciencia.

Mis ojos quisieron afirmar que entendía su prédica, pero el viejo ya retomaba el hilo de su relato: supe que el quid de aquello se apoyaba en la peana de la justificación, un holocausto es válido únicamente ante el altar correcto. El viejo ahora roncaba los vocablos, como una piedra jugueteando contra el fondo de un río seco:

El cura, no lo niego, no era enemigo, dijo. Pero su muerte fue un asunto inevitable: íbamos de lejos destinados y creo que él incluso la esperaba.

Yo, sin embargo, no podía creer en la declaración del viejo como mera excusa. Ello motivado por mi recuerdo exacto: mi imagen mental del cuerpo anciano, surcado por cortes afilados, seccionado como en una autopsia de lujo. El carcamal ahora explicaba:

Era un religioso educado, no de la camada local sino mexicano, de Veracruz, lugar de haciendas, caña de azúcar en las colinas y petroquímicas en el mar, de temores y ranchos, leyendas. Como gran parte de la intelectualidad de su vasto pero desigual país natal, era estudiado en Europa, la búsqueda de la luz fuera de su tierra agreste. Pero en su caso, todo había revenido a una sed de búsqueda, de lo extraño, de aquello que nos hace diferentes. ¡Él me hizo cuánto soy! Él y su pesquisa desbocada.

Sus ojos hurgaban ahora los míos. Fuese quién fuese estaba terminado: en el borde de su confesión, parecía suplicar algo más que una exoneración, la voz sin una grieta:

Yo era y soy un hombre ignorante, no recuerdo mucho más que aquello que me ha marcado; al cura lo conocí por medio de mi cuñado, hombre de rezos, hace casi tres décadas. Una tarde oscura de marzo, rara y conocida como toda tarde de primeras lluvias. Charlábamos mi cuñado y yo, en la cantina, costumbre de domingos calmos en estas lomas, cuando la brisa húmeda y friolenta que baja del volcán obliga al resguardo bajo el cinc de las tabernas. Y entonces él entró, no se extrañe. Veo en su cara la sombra de la duda. Le explico: no portaba atuendo religioso. Un hombre alto, largo, seco en su aspecto broncíneo, atribuible a nuestro sol que al mediodía apenas si despunta y calienta, pero que por la altura es doblemente justiciero. Y también a la raza, que se veía guardaba en el color más semejanza conmigo que con la mayoría de los que habitaban este lugar: emigrados más del centro, a diferencia mía, hijo putativo de la península del Pacífico. El hombre se sentó, saludó:

—El padre Guzmán —dijo mi cuñado, contento. Era como un orgullo, demostrar que el ámbito de su relación común incluía a gente importante. Y yo le tenía compasión: había querido a mi hermana, los pocos años que la vida nos la había prestado. Pero pronto noté la incomodidad, percibí que en realidad mi cuñado no forma parte de círculo íntimo de aquel hombre al que llamaba sacerdote. Fue claro cuando mi cuñado intentó guiar la conversación por la pandereta y la sacristía, pues el tipo no ocultó su resistencia al sendero propuesto. Luego supe: se habían conocido apenas el día anterior; es decir, mi cuñado lo había abordado luego del oficio nocturno sabatino, en las afueras de la iglesia neogótica donde el pueblo rendía sus cultos: era su costumbre saludar a los curas que daban homilías abstrusas, en un afán quizás de creer su intelecto por encima de aquel del que le había tocado abusar. No era de extrañar entonces que aquello se escapara del control de mi familiar político. Yo, en cambio, hallaba en el una franca diversión algo malsana.

—¿No cree usted que la herejía de estos pueblos, el alejar a la iglesia de la educación, es culpable de nuestros males? —dije ya luego de mi cuarto trago, el alcohol de caña pegado al resuello.

—La iglesia al púlpito —respondió el cura, oscuro, casi neblinoso, los ojos negros sobre un fondo amarillento, que me cataban el rostro mientras sonreía levemente unos dientes desordenados.

—Pero es responsabilidad divina —tercié, deseoso de polemizar—, lo dijo el apóstol, llevar el evangelio junto con la instrucción.

—Eso es asunto escolástico, yo diría casi tridentino: oponerse a la Reforma. Antes, no se preocupó mucho la iglesia por eso de educar. Bastaban los vitrales en las catedrales para enseñar al populacho ignorante.

Pronto supe a mi cuñado en retirada. El silencio o el sopor del guaro, poco a poco lo fueron absorbiendo. Yo en cambio, aburrido al principio por la compañía que esperaba anodina, fui retomando vigor. De pronto, era yo el que hablaba: —Pero esto que usted dice, suena a librepensador.

—No me malinterprete, caballero, soy creyente —y luego tomaba un trago de su refresco—. Pero no creo en la infalibilidad católica.

Mi cuñado no podía sostener por mucho más el halo de indiferencia y pronto ideó una excusa para retirarnos, me jaló del brazo. Yo me despedí a regañadientes. Pero en la sangre portaba la certitud del reencuentro.

Así empezó aquel juego. ¿Dudó usted acaso de que lo pasado no estuviera atado a una historia trenzada de muchos nudos? Dos domingos más tarde, domingo con noche lluviosa de nuevo, en la casa de mi finca, sonó la puerta. Era el sacerdote, debajo de un paraguas, los pies embarrados, otra vez de civil.

—He averiguado su residencia, disculpe. No hay muchos con quien hablar en este pueblo; tras la misa, apenas restan ancianas y petulantes. Y el clima no invita a sentarse en el parque a meditar entre semejante compañía mientras espero el bus que me lleve de vuelta a la ciudad.

Reí la pulla, desprovista de disimulo. El tipo era un desfachatado. Me gustaba. Traía un libro grueso, de tapas rojas bajo el impermeable. Él percibió mis ojos clavados en el libraco cuando lo hizo salir de su costado.

—Le explico, no me gusta la amistad sin punto de apoyo y yo le considero a usted alguien inteligente como para buscar el paso del tiempo en un discurso inane. Me lo dijo la pasada conversación, que usted no parecía amigo de los lugares comunes con que el tedio salpica la conversación. Así que he traído este libro. Quizás le vaya a usted bien leyéndolo para comentarlo más tarde.

Su brazo rojizo me tendió el texto. Luego hizo camino sobre mi sala desnuda, los pies taconeando sobre los tablones de madera sin pulir, para ir a sentarse laxo en el banco más cercano, desde donde empezó a hablar de sus orígenes. Fue una hora corta, lo admito. En su hilación, reconstruía a un monótono pueblo veracruzano en forma de metrópoli. Su recuento fue de minucias pespuntadas de detalles sobre flores y arcadas lujosas, mansiones con patios de estilo andaluz y decoraciones totonacas, mestizaje cultural, un mundo opuesto a mi pueblo de casas pequeñas y chatas y techos metálicos. Y luego pasó la lluvia, e igual de afable hizo su mutis, sin mencionar nunca el libro. Le dejaba el autobús, barbotó apenas, como quien da una excusa a quien no la merece.

Hojeé el texto aquella misma noche, arropado por dos colchas, bajo la bombilla. Era en realidad un libro bastante hermoso, con tapas duras, forradas en una piel tersa y brillante. Un compendio vasto de hojas delgadas casi como láminas de cebolla, complementado a punta de recortes y transcripciones, notas de periódico, anotaciones al margen, todo en hojas aparte, generalmente adjuntas en los finales de cada sección. Me tomó dos días de lectura desordenada el percatarme de que la marginalia era en realidad lo importante, que el texto —un tratado sobre la licantropía y otras formas de metamorfosis, complementado con diversas leyendas sobre inframundos y escatologías de distintos pueblos primitivos— era más bien escueto y predecible. Pero aquí y allá sobresalían pliegos adosados al texto, hojas con observaciones transcritas sobre las múltiples razas que habitan dentro del ser humano: seres cuya existencia permanece oculta en circunstancias normales, que bajo determinados acontecimientos hacen su aparición. Así, casi sin notarlo de manera consciente, empecé a dedicar las noches a revisar los trazos difíciles de la cursiva restringida que utilizaba el cura. Acumulados, sobre mi escritorio iban quedando los recibos, las tablas contables, los registros de producción con que guiaba mi lechería. Mi único afán, una vez terminada la jornada de ordeños, arreos y traslados, era correr a mi escritorio, abrir el libraco, empezar la interpretación de aquellos textos escritos en letra menuda —entre los que destacaban poemas en una lengua extraña que, leídos en voz alta, no proporcionaban sentido pero sí un extraño tremor vocal y rítmico—, o los amarillentos recortes de periódico sobre monstruos aparecidos en apacibles villorrios extraviados, valles lejanos y umbríos de América y la Europa antigua. Vampiros, hombres lobo, minotauros, mitos de mujeres hechas caballo: sobre los mitos y las apariciones de cien culturas, incluso demonios musulmanes de los tiempos en que Al-Lat compartía el panteón con los multiformes dioses del desierto, o diablos perversos de la cosmogonía hindú y tibetana, descendientes de Maya y sus hijas putrefactas que tentaron al Sakiamuni en su viaje al samadhi.

Yo entonces era un hombre ya no tan joven, mediando la treintena, febril lector de revistas de ocultismo y magia, textos de bajo coste, repletos de citas de Gurdjieff y Crowley y Madame Blavatsky. Usted dudará de mi educación: no soy autodidacta completo, lo admito. Muy joven, más de lo que usted supone, salí de mi casa. Nunca fue mi vida fácil con mi padre y pronto, con esa clarividencia que a veces tiene la infancia, leí en sus ojos, en el desprecio oculto de su voz cada vez que me llamaba, que mi futuro en aquel hogar miserable, no pasaría más allá de unos cuantos años antes de verme obligado a abandonarla para buscarme mi sustento. Así que decidí adelantarme al tiempo. Escapé a la capital y me refugié en la casa de un tío materno, que hacía de instructor en un colegio nocturno. A decir verdad, nunca me buscaron más los míos. Encontré trabajo en una librería, apuntalé mis clases esporádicas con lecturas intensas y la instrucción de mi tío, y con el tiempo pude conseguirme unos cuantos ahorros a fuerza casi de no comer y leer libros prestados sin conocimiento del dueño de la librería. Mi tío me informó entonces de una plaza de maestro en este mismo pueblo. Había un concurso abierto y pocos candidatos. Qué él, como masón, podía mover ciertos hilos con el director regional, compañero de logia. Así vine a parar acá.

Lo demás lo achaco a la suerte que oculta sus favores entre sus maldiciones. Me casé recién cumplidos los veinte con la hija de un lechero viudo. Una mujer linda, frágil, blanca como el rocío con que se orlaban por las mañanas los vidrios de la cocina. Murió en su primer parto, junto con el niño que no dio a luz. El viejo suegro, angustiado, se murió dos meses después. La finca quedó así a mi nombre. Pronto tuve a mi hermana conmigo, pues no distaron mucho las muertes de mi padre y mi madre, en secuencia. Y así, hasta donde la fortuna me lo permitió, seguí asistiendo a impartir clases en la ciudad antes de obligarme más el tiempo a las labores del campo y dejar del todo mi puesto de maestro. Pero era lo mío un afán de conocimiento implacable, si bien desordenado, de libros obtenidos en librerías de segunda y con coleccionistas de lo oculto, pues la finca se me daba bien y sin mujer ni hijos, tenía tiempo para divagar. Pronto mi hermana casó y yo ya no tenía más que dedicar el tiempo libre a la lectura. Y admito lo siguiente. Que creía, es decir, me pensaba destinado a ser algo superior en un mundo lleno de fenómenos extraños e inmanejables: ¿no somos acaso una raza en constante progreso? La evolución viaja intrínseca en nuestra combinación biológica.

Es así como aquella amistad extraña del sacerdote resultó una invitación que sólo parecía prestarse a mis deseos, tras tantos años de lecturas y estudios disgregados. En las tardes libres que me proporcionaba la prosperidad de mi lechería, hacía caminatas por las callejas húmedas y ventosas del poblado o bajaba en bus hasta la ciudad cercana: eran paseos de contemplación, mi mente absorta en una reflexión cuidadosa entre los paseantes, la gritería de chiquillos y mercantes que desbordaban las aceras. Y en las noches de domingo esperaba la visita, la charla que iniciaba el cura, sobre este quid o aquel: sobre las costumbres provenzales de enterrar los muertos con los miembros triturados, o la maña bretona de colocar piedras sobre el pecho del difunto y sobre su ataúd, en sus afanes por evitar el regreso de aquellos idos del mundo de los vivos.

Hablábamos de los ritos nocturnos europeos medievales, para hacer la oscuridad invernal más pasadera, y de cómo los habitantes del lago en el fondo del valle de Anáhuac sacaban a sus muertos de paseo una vez al año por sobre el lago casi helado de noviembre, sobre balsas con hogueras encendidas, de manera muy similar a como los malagaches los paseaban a cuestas a los suyos, a miles de millas y cientos de años de distancia y tradición. Pero su objetivo final era siempre el punto de transformación: donde la vida mutaba y de la misma muerte se obtenía la evolución humana: —Grifos, quimeras, monstruos sioux émulos del vampiro europeo, que vagaban sobre las praderas interminables bebiendo sangre de búfalo y de tribus rivales, son todos símbolos del deseo humano por la trascendencia, por liberarse de nuestro cuerpo enclenque y limitado —afirmaba el cura, antes de clavarme la mirada—. Incluso en su tierra natal, que sé que está lejos de esta sierra inhóspita.

Una noche de domingo particular, que luego supe fue solsticio de verano, el padre Guzmán llegó un poco temprano sobre su hora habitual. El sol se acaba de poner; extrañamente era tarde seca. Yo tenía el cuerpo tumultuoso, agostado por el rescate de dos reses que habíamos localizado en los bordes de mi propiedad, ambas extrañamente descuartizadas con el salvajismo de un jaguar en una zona donde el último gato grande había sido visto no menos de dos lustros antes. El padre había pedido un café, preguntado por la faena que relaté sin detalle. Con una sonrisa velada había empezado de pronto a hablar: —Déjeme contarle algo, que es tradición olvidada en las tierras de en medio: junto al lago que fue Niyatl. Algo sobre los hombres de la nueva raza, maldición que portaban los primeros chorotegas de los que creo usted desciende. Lo cuentan algunas leyendas, guardé varias anotaciones, referencias a documentos muy escasos en el Archivo de Indias, de cuando los hombres de Gil González Dávila hicieron irrupción por el sur de la península de Nicoya. Varios soldados juraron a algún cronista haber visto estas terribles criaturas cernirse sobre ellos a picotazos en medio de una batalla, antes de poderlas matar de un arcabuzazo. Que luego aquel cuero infame, una vez terminados los estertores de la muerte, se transformaba en el de un indígena semidesnudo. Pero son pocas las crónicas que han guardado estos relatos. Los curas dominicos arremetieron pronto contra aquellas declaraciones heréticas a punta de sus conocidos trucos del Santo Oficio, de seguro ya instruidos en la perversión mítica de la licantropía europea: pocos se atreven a hablar de perversiones satánicas en un texto cuando a dos o tres de los suyos se les acaba de aplicar el strappado. Pero el lugarteniente de Balboa —sobrino de su futuro asesino, Pedrarias Dávila— pensó mejor, al embarcar los indios mercenarios para el Panamá. Está escrito en los registros que sobreviven en la catedral cuzqueña, bajo censura eclesial los vi en algunos textos de aquella época confusa, durante mis años en el Perú: muchos de esos indios hicieron viaje con las tropas que en 1531 siguieron al aventurero Pizarro. Testimonios orales anotados con caligrafía de monje. Es un asunto callado que, durante el embate final contra las tropas imperiales que continuaban fieles al Twansintuyo, ya muerto el Inca y Pizarro aliado a Yupanqui, muchos de los guerreros defensores casi que se volvían para arrojarse sobre la muerte segura de los cañones hispanos al escuchar los graznidos de los chorotega, diseminados entre las demás tribus peruanas traidoras. Porque de pronto, en el medio de la batalla, surgía un largo y aterrador chillido de en medio de las huestes invasoras, atenazadas por la leal infantería incaica, y luego aparecía una figura oscura, las alas extendidas, que atravesaba la zona defensiva de la pequeña pero disciplinada falange chorotega, para ir a crujir su pico entre los restos de la aterrorizada tropa imperial.

Yo no columbraba la dirección de aquella historia que me contaba el cura. Él únicamente hablaba, como quien relata su pasión por un hobby. De repente, sus ojos resplandecían: —Yo creo que aún es posible lograr esa transmutación. He visto los cánticos, redactados en perfecto orden. Los he redactado yo mismo en ese mi códice compilado: ya los habrá visto. Pero es necesario alguien con la sangre fuerte de aquellos hombres: no quedan muchos sin mancha castellana o mandinga, que sean verdaderos descendientes de los chorotegas originales y no hijos de los hombres con que repoblaron la península. Entonces he revisado su pasado, el de su familia, y tienen el linaje; lo comprobé en el archivo de bautismos en la sacristía de la capital: no es nacido usted aquí, su familia paterna es de las colinas que bordean el golfo de Nicoya; si no me equivoco, tiene usted en su sangre la savia de aquellos guerreros chorotega. Por su cuñado supe lo de su historia familiar, de su origen en aquellos poblados montañosos, alejados de la sabana central de la península, donde es mayoría el mestizaje peninsular y africano. Por eso, de hecho, traté de trabar amistad con el marido de su hermana fallecida, al que creí primero candidato al ser también de traza amerindia, como usted, hasta que su estulticia me mostró mi error mientras le interrogaba sobre el pasado familiar de su mujer. Pero le he encontrado a usted: eso es lo que importa.

¿Su charla me pareció atroz, inverosímil? Quizá. No lo rebato, escuche. Atravesado por la intriga, solicité pruebas, es decir, aquello que en su plausibilidad me reafirmara. Él, luego de lo dicho, apenas sonrió. Tomó de inmediato los hilos de su conversación lejos, como había hecho la primera vez, al prestarme aquel libro-códice que sin saberlo ya me hundía. Era como si hubiese de acercarme hasta rozar el secreto, para luego quedar abandonado justo en el límite, cruel acto de ironía. Guzmán terminó al cabo de una hora su conversación, sin hacer caso de mis intentos por guiarle de nuevo al relator anterior, y me dejó como siempre, sin decir adiós. No sabía yo que era aquello la iniciación. Que yo, espoleado por la parquedad del cura, empecé a devorar las anotaciones con acuciosidad, a esculcar las copias de los códices inspeccionados una y otra vez. Mi rutina se volvió férrea de ahí en adelante. Cada noche, recitaba los poemas enervantes y, luego de que el letárgico abrazo, incapaz yo de retenerlo por más tiempo, me atrapaba, me sumía entonces en sueños largos y pesados, carreras, vuelos sobre bosques desconocidos en la penumbra, con otros junto a mí. Un batir de alas, afilar de garras y rapiña. Los amaneceres empezaron de pronto a ser difíciles, como si en aquellos paseos inconscientes se atrofiaran mis fuerzas, se desgastaran como un esfuerzo real. Pero igualmente, aquello era encontrar la llave de algo que se había vuelto necesidad imperiosa. Él, el cura, hacía su acto cada domingo, luego de la misa vespertina, aparecía con otros libros, historias, pero se negaba a empujarme por el borde de mi ignorancia. ¡Suprema astucia del maestro, heredero de la serpiente edénica!

Así iniciamos el juego, él, taumaturgo que hacía su mayéutica al borde, sin tocar el tema, yo recitando las invocaciones nocturnas que en lengua desconocida transcribía la marginalia del códice. No empecé a sentir la fortaleza sino a las dos lunas llenas siguientes de aquella conversación. Ahora, podía notar mi capacidad de cabalgar sin agotarme, y mi potencia sexual se multiplicaba más allá de lo que creía posible: de la hija de uno de mis peones, pasé a buscar chicas en los alrededores, a pagarlas con algo de mi capital ahorrado, y la visita semanal al puterío de la hondonada pronto fue poco. Las putas, por supuesto, comenzaron a murmurar: algunas incluso ofrecieron exclusividad. Sólo mi favorita, Rosalía, sintió el cambio. La que antes me aruñaba la espalda mientras su voz ronca se deshacía en un gemido, fue la única en quejarse: —Antes me hacías el amor, ahora copulamos como bestias de corral — me espetó, molesta, la última noche que se me entregó, su mano blanca de uñas rojas una bofetada cuando quise atraerla de nuevo al camón oloroso a ron. Pero mi cuerpo era ahora menos selectivo: era asunto de desfogar mi vitalidad, ¿rendirme por un ser débil, apenas receptáculo de mi hombría?

No fue sino hasta algunas noches después, particularmente cubiertas de sueño inquieto, cuando en mi adormecimiento vino a mí la realidad: que mis mutaciones siempre habían existido desde un ayer lejano, desde aquella misma ocasión en que acusara a un jaguar de la muerte de mis reses. Que mis sueños eran múltiples verdades, irreconocibles para mi conciencia, pues esta no era sino un obstáculo, barrera para mi evolución. Quise experimentar la prueba: até mi pierna a la cama, un trozo fuerte de cuero amarrado con triple nudo, y luego me dejé dormir; dificultado por la ansiedad, tardé tal vez una hora más en mi adormecimiento, lo ignoro. Fue un sueño de vuelo, mi cuerpo erizado sobre el pueblo que dormitaba, aletargamiento y bendición ignorante, mientras la bestia sobrevolaba. Al día siguiente, al pie de cama, yacía la correa, hecha trizas por cortes afilados, precisos, como los de un pico tajante. ¡Había transmutado hacia mi instancia superior!

Me mira usted ahora con asombro, como si percibiera locura en mis pupilas. No le ruego creerme. Yo era lo que era y no necesito sustento. Desde que fui consciente supe disfrutar mis sueños mejor, deleitarme en el rejuego, en los envites aéreos con los míos, pues me percaté que no estaba solo en mi ocupación, que aquellos compañeros en mis pesadillas eran otros tantos, todos liberados, convertidos en la nueva raza que se regodeaba en los campos y se alimentaba de animales nocturnos y del indefenso ganado —¡el mío, es cierto, pero con más razón a mi alcance!—. El siguiente domingo, ya el padre Guzmán fue parco. Me dio nada más su dirección, en la nueva parroquia capitalina a la que estaba asignado. Retiró su libro, me abrazó: —Ahora eres uno de la progenie de Mictlaxochitl, hija de los señores de la muerte y gobernante del Mictlán, Tlatoani de Calpulli Mictlantecuhtli y lugarteniente de Xólotl, a quien abrirás el camino de su regreso triunfal.

Lejos estaba de saber que aquella era mi aceptación como esclavo de mi transformación: que pronto los sueños tomarían otro rumbo, que de inocentes bestias pasaría a dañar humanos. Era el punto extremo; de mi fortaleza nocturna empecé a acusar la falta de sueño. Pasaba noches en blanco de las que nada podía recordar: mi ropa ensangrentada era el único testigo de mis acciones, hecha retazos sobre mí, al amanecer. Baladros que no eran ya aullidos animales parecían habitar mis pesadillas. Perdía el control. Los aquelarres que vivía en sueños eran orgías angustiosas: persecuciones de mujeres solitarias por las callejas abandonadas, de hombres indefensos que morían sin resollar. Quise dejarlo (a veces, no siempre con denuedo, porque admito que la sensación de poder a veces era más paralizante que el placer sexual: el deseo era fuerte y me empujaba sin dificultad al abismo ante la menor flaqueza de voluntad, pues mi mente ya dominaba de forma automática la secuencia precisa de la invocación, al igual que domina la forma correcta de cabalgar quien ha vivido la vida sobre una silla de montar). Cuánto duró el sueño retorcido y a cuántos sacrifiqué cruelmente, no acierto a darle fechas ni números. Pensé, con un falso consuelo, varias veces quizás, que mientras el anonimato cubriera mis fechorías...

¿El inicio del fin? Ah, eso sí puedo situarlo. Es claro: fue una noche de enero, particularmente fresca para estas latitudes, el termómetro casi en cero por la falta de humedad. El tiempo de no ver al cura Guzmán había sido largo. Yo le había pedido varias audiencias en su parroquia anteriormente, desde mi transmutación en ser superior. Generalmente, mi visita se circunscribía a un asunto de conciencia, duda ante lo que sucedía dentro de mí. Esas tardes eran dedicadas a la charla hermenéutica, a discutir textos, evaluar el mundo y prever lo que tardaría esta raza nueva en ser dueña y señora del mundo superior, en que el dios de cabeza de perro regresaría para tomar su lugar. Pero al regresar de aquellas conversaciones balsámicas, que pretendían alimentarme en mi determinación de ser un escogido, poco duraba mi convicción. Las fisuras de mi pasado inferior, quizás, me desmoronaban. Había suspendido por ello mi peregrinación, casi de manera voluntaria, al notar que, poco a poco, mi certeza sobre lo correcto de nuestro esfuerzo disminuía. Sin pensarlo, simplemente, pasaron dos, tres semanas, un mes, sin volver. Mi error, sin embargo, era el de la inacción: con fatalismo, había suspendido mis relaciones con mi mentor sin buscar otra opción más que el yacer en cama y dejar que la noche me guiara de nuevo a mi otro yo. Entretanto, mi finca había empezado a mostrar los signos del abandono: los peones, sin paga y, quizás ya con cierto temor, me desertaron calladamente: un día, amaneció el galpón vacío donde se alojaban. A decir verdad, confieso, no podía decir con exactitud la fecha: no me importaba, quizás se habían ido días atrás, no lo hubiera notado; simplemente, ese día, lo descubrí. Del mismo modo que noté el cambio de la gente alrededor, en mis escasas salidas, al sentir las miradas oblicuas de mis antiguos vecinos y amigos, que resbalaban sus pupilas sobre mí con algo que llamaré miedo a falta de un vocablo exacto. Es así como apercibimos el mundo, giros que parecen instantáneos sin ver que son épocas de caída constante, sin percatarse sino hasta que un acontecimiento, algún detalle, retrotrae la memoria a un ayer diferente y hace que colijamos la mutación de lo circundante. Aquello, comprenderá usted, era entonces un vivir somnoliento durante el día para alcanzar la verdadera vida en el crepúsculo y la noche tenebrosa, sin importar relaciones, conexiones con mi antiguo yo, que se abandonaba sin remedio. Ni siquiera mi familia. Punto aparte. Ya ve. Incluso mi cuñado, si bien es cierto huraño en su contacto conmigo desde hacía tiempo, intentó un día acercarse a mi residencia: lo vi, a través de mi ventana, vacilar en el portón de entrada,

bajarse titubeante, para luego de unos cinco segundos de indecisión, volver a subirse a su jeep desvencijado y acelerar fuera de la propiedad.

Luego recuerdo esa noche funesta de enero: había salido a tomar un ron y vaciar el estómago de su incomodidad. Era un escape, tenía días de estar ensimismado. Después de leer algo intrascendente sobre el poder de la imaginación, quise saciar mi carnalidad; no eran ideas precisas sino un fuego en el bajo vientre. Entré al putero de las Solís. Y estaba Rosalía, la de antes, de dos y pico años atrás. Su cuerpo delgado y flexible, los labios rojos en la cara pecosa, los ojos avellanados y sus manos de uñas brillantes y anillos de fantasía. Me acerqué y dijo no. Le compré una cerveza y dijo no. Le toqué el hombro y dijo no. Aparicio, el guardia, entrometió entonces su gordo cuerpo: me hizo salir despacio, la mano torcida por detrás en mi humillación, y me lanzó puertas afuera, contra la calle lodosa. Volví a mi casa hecho una vergüenza, pero con un resquemor extraño en el estómago, que dificultó mi dormir. La mañana siguiente, al espabilarme, pude percibir un regusto amoroso en el paladar. Al abrir los ojos, la mano cercenada de Rosalía, con sus anillos y sus uñas ahora carmesí, estaba aferrada a mi sexo aún erecto.

En mi desesperación comprendí entonces mi estado abyecto, mi viaje hasta el fondo. Me sumía en un pozo sin salida, incontrolable. Enterré la mano pálida y exangüe bajo el tablado del galpón principal, traté de no pensar en la suerte del resto del cuerpo. Ataqué luego la casa: arrojé mis libros enteros, mis recitaciones anotadas, pero el fuego de mi estufa no fue suficiente. En una hoguera improvisada afuera realicé un rito de expurgación... Consideré que quizás la confesión...

¿pero quién iba a creerme? Recé, pero volver sobre mis raíces cristianas era ya imposible. Estaba condenado. Así que hice lo debido. Esa misma tarde saqué una cadena del mismo galpón ahora cómplice: larga y de acero templado, de un cuarto de pulgada por eslabón. Me até el pie de manera apretada a la viga principal de mi habitación; usé un candado grueso y guardé la llave en mi mesa de noche. Conjeturé: si tiene garras, el ser no puede manipular. Y luego me di a la reflexión, a meditar que, quizás, si me negaba conscientemente... Fue un sueño confuso, de lucha en la penumbra. Al día siguiente, tenía la pierna desollada, pero el candado estaba en su lugar. En el suelo estaba la llave ensangrentada. La criatura —¡yo!— lo había intentado: no pudo accionar la llave, estaba el suelo marcado por picotazos, raspones, la viga astillada: signos de lucha.

Y he dormido por años de esta manera: muchas muertes entregadas a un rito extraño. Yo, ciertamente, intenté varias veces controlarme, guiar con mi ser racional a la bestia. Si yo había podido despertar aquel ser en mí usando mi razón... usted comprenderá, tenía esa ilusión vana de regresar atrás una vez cometida la fechoría. No relataré mucho mis intentos iniciales, sería añadir mi ridículo a mi fracaso: las bestias son más poderosas, su fuerza emana de una voluntad irracional y no parece existir, en la psique consciente, nada capaz de cortar su trasegar de poderes. Pero me preguntan sus pupilas: ¿no busqué ayuda con el iniciador? Ah, es claro, en mi desesperación fui capaz hasta de rogar. Pero nunca pude traspasar más aquel umbral. El padre Guzmán nunca más me atendió. Protegido en el escalafón eclesial, fue aislándose, alejándose. Mis cartas, mis llamadas, mis acercamientos eran inútiles: era incluso un asunto de imposibilidad. Sólo el verle, una de las veces en que hice guardia frente a su casa, dispuesto a increparle frente a quien fuera, bastó: su mirada, que me atalayó a la distancia, me hizo temblar, caer fulminado por una sensación que bordeaba la náusea y se alimentaba del terror. Seguía siendo mi amo, yo era su esclavo.

Desde entonces, cada noche, al dormir, debo colocarme esta cadena, atarla a mis pies, porque la furia por escapar será la misma que la de aquella noche en que decidí detener mi vagar asesino, sin variar un ápice. Únicamente con el tiempo he aprendido a disminuir el daño en mí: uso una funda de cuero acolchado bajo el metal, un grillete que mandé a construir para mis dos pies, de doble candado de combinación que sé que la bestia no puede descifrar. Está claro que sólo la muerte me podrá ya por siempre librar de mi superior doble.

¿Cómo entonces, esta conclusión? El tiempo, comprenda, aclara a veces las salidas. La clarividencia nos llega como una estrella indolente. El padre Guzmán me había hablado mucho de la necesidad de la pureza de la sangre. Que abrir el camino al dios visitante del Mictlán es una labor encomendada nada más a quienes guardan la integridad de la raza náhuatl, porque sólo de la sangre original puede venir el príncipe can. Que los demás son acaso mera carne de cañón. Y que los verdaderos lugartenientes de Xólotl no dudan de su misión. ¿Por qué, entonces, guardaba yo resistencia a aquella demoníaca posesión, si no fuera porque, muy en el fondo, me sabía de alguna manera extraño a lo que se suponía era una sumisión a ultranza? Algo de mi infancia vino entonces a mi rescate. Un detalle, una mera sensación que por muchos años yo me había ocultado a mí mismo, y que fue la semilla de mi decisión de alejarme de los míos hacía tanto tiempo. Esa tarde visité a mi cuñado. Sabía que no me recibiría con agrado, pero no tenía a quién más recurrir, mi tío de la capital muerto hacía un par de años. Pude sentirlo titubear a mi llamado en la puerta. Pude sentir su miedo al abrirme paso. Pero había amado a mi hermana. Era un hombre bueno. Tomamos un café casi en silencio, dos seres desgraciados en medio de una cocina diminuta. Entonces le pregunté, si mi hermana le había comentado algo de cuando éramos niños, si él sabía algo que yo ignoraba de mi historia. Mi cuñado calló. Pasaron unos segundos. Su mirada, gacha de repente, parecía huirme. Entonces me di cuenta de que de uno de sus ojos bajaban algunas lágrimas por la mejilla. De un extraño impulso me levanté para abrazarlo, y el hombre se me deshizo en sollozos sobre mi pecho.

—Tu hermana me pidió en su lecho de muerte que nunca te abandonara —alcanzó a decir unos minutos después, apenas pudo contener su arrebato—. Y ahora siento que les he fallado a los dos...

Entonces soltó aquella historia que yo sospechaba, casi directo de los labios de mi hermana moribunda, en su lecho de muerte en un hospital, del que se la llevara la leucemia injusta. Que yo no era hijo de mi padre. Que mi madre, embarazada de otro hombre, había sido expulsada adolescente de su hogar, cerca de la frontera con Panamá. Que si bien entre los antiguos cabécar existe el matriarcado que hace compulsoria la transmisión materna del linaje, mi madre era hija de una familia recién convertida al rito adventista por un predicador venido con los de la Compañía Bananera. Así que la sanción justa que otorgan las antiguas costumbres, basadas en las verdades biológicas, se había transformado en un castigo bajo la nueva religión patriarcal. Su padre, al descubrir la afrenta en el vientre ya imposible de ocultar, la echó fuera. La joven deambuló por las cercanías de la aldea, presa de la desesperación, hambrienta, con el peso de la criatura que crecía dentro suyo. Al tercer día de no obtener bocado, rechazada por todos aquellos buenos cristianos, se internó en la selva. Había decidido morir. Quizás devorada por un jaguar o un cocodrilo, quizás simplemente desfallecer y morir despellejada por las hormigas en un acto de contrición que le valiera el cielo de nuevo. Entonces dio con el rancho. Apenas un amasijo de hojas de guita y bejucos, al pie de un gran árbol de targuá. Y recordó las habladurías, sobre la loca del bosque. La bruja que robaba el alma con sus encantamientos a quienes se aventuraran por el monte. Pero el hambre le apretaba el vientre y ya nada le importaba. Entró en el rancho en tinieblas, escarbó a tientas entre las ollas sobre un fogón frío: restos de plátano, yuca y carne seca de danta. No se percató de la anciana hasta que levantó la vista de su magra comida, levemente saciada. El pavor la fijó en estatua. Un par de ojillos brillantes en su negritud, que la esculcaban desde un rincón del rancho. Mi madre quiso correr. Pero su vientre ya era grande y tenía días de dormir mal. Sus pies no respondieron. Y la anciana, más vieja que el tiempo, la fue calmando con su voz, con sus palabras que al principio ella no comprendía, hasta que se percató de que la vieja le hablaba en la lengua antigua.

Ahí nací yo unas semanas después, en ese rancho piojoso en medio de la selva oscura. Así me recibió el mundo en su miseria. Mi madre se quedó con la vieja, pero la anciana ya sabía que sus días sobre esta tierra estaban ya contados. Así que apenas pasados mis tres meses, una mañana soleada, la vieja sacó de un petate un puñado de billetes y los puso en la mano de la adolescente. Y de la bolsita donde cargaba las piedras a las que acostumbraba rezarle cada mañana, sacó un amuleto y se lo colgó a la chica en el cuello, debajo de la blusa harapienta: un águila dorada.

—Vos sos del clan de los gran Salwak —dijo en bribri la vieja—. Pero los tuyos han abandonado la fe verdadera, cegados por otros dioses. Ya no merecen portar el símbolo que alguna vez reinó en esta tierra. El símbolo que nos ata con el dios de luz, Sibú, él único que puede mantener a raya a Surá en su prisión terrena. Entonces sacó las piedras de su bolsita, las arrojó mientras entonaba una oración, los ojos cerrados.

—Las siá han hablado. Es hora de que te vayás. Esta tierra está maldita, ya no hay lugar aquí para los puros.

De esa forma abandonó mi madre su tierra, conmigo a cuestas. Así conocería a mi padre, en los bananales cercanos a la costa, de donde él se la llevaría de vuelta a su pueblo, en las colinas de la península que da al Pacífico.

Mi cuñado lloraba de nuevo al terminar su historia. Temía quizás verme enfurecer al conocer mi verdad como bastardo. ¿Cómo iba a saber que su relato más bien me liberaba? Que en el origen desconocido de mi sangre paterna y la pureza de mi sangre materna, yacía la única salvación. Mi cuñado entonces se levantó. Caminó hacia el trinchante que dominaba la pequeña cocina y de uno de los cajones sacó un pequeño atado.

—Esto es tuyo, por derecho. Se lo dio tu madre a tu hermana, poco antes de morir, cuando le contó la verdad de tu pasado. Y tu hermana me pidió entregártelo, cuando te dijera la verdad.

Abrí el atado y ahí estaba el águila en su esplendor. El pico altanero, las alas orgullosas y doradas. Una reliquia que solamente atestiguaba el paso del tiempo en algunas excoriaciones en los bordes del metal. Abracé a mi cuñado. Le pedí perdón. Le dije que me había abierto el camino a la luz.

Cuando regresé a mi casa, ya tenía adentro la decisión. Por eso llevo ahora en el pecho el amuleto, como lo llevó mi madre. Es el símbolo de mi misión. Lo usé cada vez que tuve que cumplir mi misión como guardián que mantiene a raya el mal. Porque ahí lo entendí, que sólo el poder de Sibú podría contra la encarnación terrible de Xólotl, en su intento por salir del inframundo para apropiarse de la luz. Por ello inicié la caza, uno por uno. Así fui encontrando a mis hermanos y hermanas de fechorías, los lugartenientes de Xólotl, por entre los pueblos, ciudades, a lo largo de años de búsqueda, siempre cargando las cadenas para asegurar mi sueño donde me cogiera la noche: generalmente en descampado, lejos de ninguna población. Mi objetivo, matar o ser muerto. Y mediante el matar, superar mi condición y terminar mi labor de vengador. De una u otra manera, así busqué asegurar mi libertad, mi salida del círculo maldito. Mi recorrido fue largo. Arribaba al sitio, indagaba, no era difícil saber del miedo, colegir la presencia maligna entre los murmullos a sovoz en el poblado. Ahí donde la leyenda crece, es casi seguro encontrar una historial real por detrás. Yo paseaba a la luz del día primero: me aseguraba de los decires, de los temores callados. Y luego merodeaba las noches del lugar, absorto en el cielo, cierto de encontrar el rastro de la bestia en su paso por el turbio firmamento. Pocas veces fue en vano: dos o tres ocasiones en que los murmullos fueron pánico infundado. La mayoría de las veces mi mismo corazón me informaba pues, en sintonía con mis congéneres, saboreaba su presencia asquerosa en el aire. Así, dos o tres noches nomás bastaban para que, al amanecer, la bestia percibida me guiara a la guarida que habitaba un panadero afable, una abuela hacendosa de canas impecables, una adolescente de trenzas aún, a los que yo asesinaba con un doble impulso de piedad, justo en su sueño, justo en el momento en que la transmutación iniciaba de regreso a su humanidad. Era un pacto, acabar a los míos y, al permanecer el último, extinguir la base: el monstruo conjurador que nos había hecho prisioneros de Xólotl.

En cuanto al padre Guzmán, sé que intuyó el cambio de mi misión y por ello buscó refugio en un continuo itinerar. Estoy consciente de que me percibió varias veces cerca de su guarida, con cada cambio de parroquia, pero nunca me supo extraviar: intentó iniciar a algunos más cuando fue descubriendo que la lista de sus retoños idos aumentaba, año tras año de mi búsqueda. ¿Los aniquilé a todos? No sé. Pero llegué al final de mi certeza cuando, tras dieciocho meses de vagar por entre las zonas donde supe que el padre Guzmán había transitado, no hubo más una sola identificación positiva. La lista era ya completa, al menos la que usted encontró, de mano y letra mía, en la que sólo falta el instigador, a quien sacrifiqué como lo merecía: bajo el horror del aliento luciferino que él se propuso revivir. ¿Está claro? Ayer en la mañana aparecí en el asilo. No me sorprendió el que accediera a recibirme: él lo anticipaba. Carcajeó al principio al mirarme entrar a su habitación: —¿Crees que ha bastado?—chasqueó su lengua—. ¿Cómo no sabes que algún otro no espera para tomar mi lugar? Sacerdotes de Huitzilopochtli somos muchos y nada podrá detener al príncipe Xólotl en su regreso —. Y es cierto, yo no podía saber. Pero eso tocará a otro. Por mi parte, estaba acabado. Callé y él supo que era el final de su teatro. El crepúsculo afuera, yo empecé a recitar. Fue la única noche en cientos ya en que la bestia vagó libre por un instante, en la habitación de Guzmán.

Así terminó el viejo. Yo requería prueba, cuentos de locos abundan, pero el anciano, casi leyendo mi cerebro ansioso, extendió sus manos hacia una pared. —Ahí está el libro maldito—dijo—. Lo saqué de las pertenencias de Guzmán la misma noche que lo ejecuté. Puede leerlo cuando guste.

Y entonces el viejo estiró los pies, agachó la cabeza. Dijo algo en una lengua que no comprendí y empezó su letanía. Le miré entonces las extremidades ahora descubiertas a la luz tardía: sus pies eran una colección de llagas, de flagelación impensable rodeada por las cadenas que le sostenían de los tobillos. Yo sabía que el caso era legalmente asunto para un letrado pero igual verifiqué mi revólver, listo sobre el regazo, pues era claro: de repente era yo quien decidiría. Así esperé, mirándolo, en silencio sorbiendo el ron que quedaba en mi vaso mientras el viejo desenrollaba su rosario. Un cántico parco, monótono era, así hasta que el último resto de luz natural cedió, apenas un destello de sol sobre el águila dorada en su pecho, hasta que, del fondo del cuerpo canijo vino un temblor, una especie de graznido, exacto con la desaparición de la luz solar y que rompió la invocación en el momento en que el perro, nervioso, arrancó a tiritar. La transmutación. Era él, el lugarteniente del señor del Mictlán. Frente a mi vista lo vi sacudirse, caer del banco: ahora comprendía sus intenciones. Las cadenas de pronto se tensaron casi hasta aullar, las pupilas del viejo empezaron a temblar de ansiedad y su amuleto cayó al suelo, reventado el cordón que lo sostenía por la increíble amplificación del torso del monstruo. Yo coloqué el vaso en el piso y esperé a saberlo totalmente trasformado, el momento exacto en que la criatura, ya dueña de aquel cuerpo, empezó a brincar hacia mí a pesar del metal que la aprisionaba. Entonces disparé.

Acerca del autor

Alfonso Chacón Rodríguez (San José de Costa Rica, 1967) tiene el Premio Nacional de Literatura de novela, Aquileo Echeverría 2011, otorgado por su país natal por la novela *El luto de la libélula*. Vive en Tres Ríos con su esposa Mónica y sus hijos Julia y Matías.

Made in the USA
Middletown, DE
03 November 2022